녹을 먹는 비스코
7
순화검(瞬火劍) · 고양이 발톱
코부쿠보 신지
SHINJI COBKUBO PRESENTS

SABIKU
THE WORLD BLOWS THE WIND ERODES LIFE

BISCU

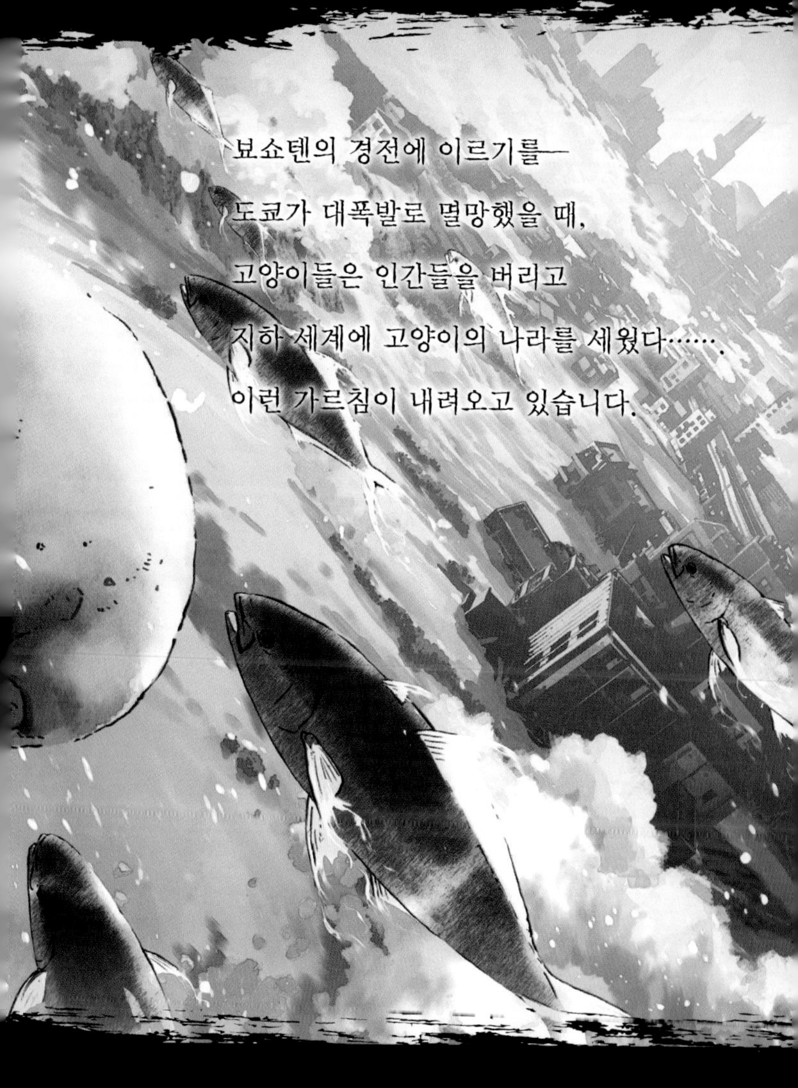

A BOY WITH A BOW RUNNING THROUGH THE WORLD LIKE A WIND

흘려버리는 건 맡겨주세요.
괜히 『네코야나기』 미로가
아니거든요!

마아—아악!!

나는, 아마쿠사 겟페이.
고양이를. 그리고 인간을!
이 모두를 파라이소로 이끄는 자이니!

겟페이!
그 원한의 송곳니,
죄 없는 인간에게
향하게 두지 않겠다!

SABIKUI BISCO

7

DESIGNED BY AFTERGLOW

[일러스트] 아카기시K

[세계관 일러스트] mocha
(@mocha708)

The world blows the wind erodes life.
A boy with a bow running
through the world like a wind.

서열, 사회, 인습

형태 없는 것에 맹종한다면

그것은 『고양이』가 아니니

『고양이』는 자유로운 짐승

까닭 없는 사슬을 물어뜯고

질서의 목덜미에 송곳니를 박아넣는 자이니라

"사선(邪仙)·아마쿠사 겟페이. 그대의 야망, 여기까지다!"

빛, 천뢰(天雷)가.

산꼭대기의 거목에 떨어져 타오르는 불로 코반산의 밤을 붉게 비췄다.

두 다리로 흙을 밟고 있는 검은 고양이 사무라이와, 하얀 고양이 사선.

숙명의 두 사람이 바람 앞에 서서…….

흩날리는 불똥에 비치면서 서로의 두 눈동자를 맞부딪쳤다.

"악묘(惡猫)에게는 악묘의 긍지가 있겠지. 자신의 발톱으로, 깨끗하게 배를 가르도록 해라."

검은 고양이의 낮고 날카로운 목소리.

가문의 문장을 새긴 하카마에 검은 꼬리를 획획 흔들며 명도의 칼끝을 숙적의 눈앞에 들이밀었다.

그 칼날의 파문에 번뜩이며 비치는, 또 다른 하얀 고양이는…….

"냐카카카카카카……!"

피투성이였다.

화려한 남만 복장과 하얀 털을 얼룩처럼 붉게 물들였지만, 땀을 비오듯 쏟아내면서도 웃고 있다. 고양이 나라를 제 것처럼 삼으려 했던 하얀 고양이의 야망도, 지금은 검은 고양이의 검력(劍力) 앞에 무너지려 하고 있었다.

"자비를 베풀겠다는 거냐. 순화검(瞬火劍)·요우칸……!"

하얀 고양이가 헉헉 숨을 헐떡였다. 그러나 그 고양이 눈은 뭔가를 꾸미고 있다는 듯 번뜩 빛났다.

"그 이름대로[#1], 물러터졌구나!"

낙뢰!

번쩍! 하고 빛난 순간적인 섬광이 검은 고양이의 시야를 하얗게 빼앗았다. 필살의 한순간을 쟁취한 하얀 고양이, 예리한 발톱을 들어 검은 고양이를 향해 내리쳤다.

"그게 오히려, 네놈을 죽일 거다아—!!"

좌아악!

스쳐 지나가는 두 사람.

…….

……푸샤아아아앗.

피안개를 크게 뿜은 것은, 하얀 고양이 쪽이었다.

"—7, 7대, 이후까지."

선혈을 뿜어내는 하얀 고양이. 돌아본 그 눈동자에 검은 고양이의 모습을 똑똑히 새기고는—.

"저주해, 주마. 순화검·요우, 칸……."

풀썩, 그 자리에 쓰러졌다.

검은 고양이는…….

피를 머금은 칼을 그대로 두고, 허공을 노려보는 하얀 고양이의 얼굴을 바라봤다. 불똥이 검은 눈썹을 지글지글 태웠지만, 그 고양이 눈은 깜빡임조차 잊은 것만 같았다.

#1 그 이름대로 요우칸(羊羹)은 양갱이란 뜻.

'깡깡.'

그럼, 이쯤 하기로 하고—.

지금 들으신 것이, 뵤쇼텐(猫招天)에 전해지는 것 중에서도 유명한 이야기.

『순화검·요우칸』의 제1막입니다.

사악한 하얀 고양이·아마쿠사 겟페이를 처치한 이 요우칸은 그 공적으로 8대 쇼군이 되어 각지에 활약상을 남기게 됩니다만—.

그건 그렇고 고양이를 사무라이로 삼다니, 옛날 사람들도 꽤 유니크한 이야기를 생각하는군요.

오늘은 참으로 경사스러운 묘진제(猫鎮祭)의 날.

고양이의 날에 이 이야기를 들으면, 그해는 개다래나무의 가호를 받아서 무병장수가 약속된다는 말이 전해지지요.

오늘은 이 순화검·요우칸의 이야기, 계속해서 즐겨주셨으면 좋겠습니다만…….

아무래도 이 이야기, 저도 손님도 체력을 많이 쓴단 말이죠.

휴식할 겸, 「고양이」의 기원에 대해 이야기하도록 할까요.

여기 일본은, 우리 인간이 사는 『인국(人國)』과 고양이가 사는 『묘마국(猫摩國)』으로 나뉘어 있다는 것이 뵤쇼텐의 가르침 중 하나입니다.

도쿄가 대폭발로 멸망했을 때, 고양이들은 인간들을 버리고 지하 세계에 고양이만이 사는 나라를 세웠다고 하죠…….

묘쇼텐에서는 이렇게 가르치고 있습니다.

고양이의 경전에 이르기를—.

이 일본은 일찍이 『인간』이라는 포학한 생물이 지배하며 번영해왔다.

고양이의 선조는.

인간들에게 때로는 아양 떨고, 때로는 야생에 숨으며…….

반드시 찾아올 고양이의 시대를 위해, 지성을 숨기고, 견디기 힘든 것도 참으며 혈통을 굳게 지켜왔다고 합니다.

과연, 와신상담의 나날. 짐작하고도 남을 만하군요.

그런 고양이의 마음가짐이 결실을 맺을 날이 온 겁니다.

모두가 아시는, 도쿄 대폭재(大爆災). 그날, 수도 『도쿄』에…….

'깡깡.'

미증유의 대재해가 덮쳐온 것이지요!

하늘에 계시는 묘세음(냥세음)보살의 금빛 번개가, 거대한 인간의 『철인 인형』에 떨어져 그 노심을 작렬시킨 겁니다.

작렬은 녹의 입자가 되어 일본 전체로 퍼졌고.

순식간에 『사이타마』를, 『카나가와』, 『치바』를…… 아무튼, 오만의 극치에 달했던 인간들의 도시를 족족 멸망시켰습니다.

인간들이 녹바람에 맞아 픽픽 죽어가는 와중, 한발 먼저 환경에 적응한 것이 현명한 「고양이」였습니다.

고양이들은 녹가루를 「순화(瞬火)[#2]」라는 힘으로 바꿔서 생각하는 지혜를, 이족보행을, 또한 도구를 쓸 손발을 획득했고…….

지하에 구축한 대제국 『묘마국』에서, 오늘도 풍족한 번영의 나날을 보내고 있다고 하지요—.

그런 전설입니다만, 글쎄요.

순화검·요우칸 정도의 명군이 다스린다면 고양이의 나라도 참으로 살기 좋은 곳이겠지요.

한편으로 뭐, 여기 이미하마의 상황은…….

부패투성이였던 쿠로카와 지사가 퇴임하기는 했지만, 네코야나기 신 지사의 정무도 미숙하니…… 미인은 사흘이면 질린다는 말이 있는데, 정말이지 지루해서 못 견디겠군요.

제가 보기에, 네코야나기 지사는 사람을 다스리는 일에는 안 어울리는 것처럼 보입니다.

여기서는 검은 고양이 쇼군님에게 정치의 요령이라도 배우는 게 어떨까요.

그야말로, 고양이의 손이라도 빌리는 거죠…….

이크.

자자, 그럼 제2막으로 들어가기로 할까요.

제2막의 무대는, 앞선 결전으로부터 10년 후. 요우칸 쇼군의 즉위를 노렸다는 듯이, 원인 불명의 역병이 성 아래에 만연해서—.

#2 순화(瞬火) 개다래나무를 뜻하는 일본어 「마타타비」와 발음이 같다.

1

"뭐—어가!"

작은 담화실의 문이 쾅! 하고 난폭하게 열렸고.

"뭐가 이미하마 막부에 『고양이의 손이라도 빌리는 거죠』……냐!! 그렇게 끝나는 걸 넘어갈 수 있을 것 같으냐. 내가 평소에 얼마나 외교에 애쓰고 있는지도 모르고!!"

이미하마 현지사가 분연히 뛰쳐나왔다.

아무래도 이야기 끝부분을 듣고 기분이 상한 모양이다……. 그러나 이건 만담가에게도 재난이었다. 설마 객석에 지사가 앉아있을 줄은 몰랐을 테니까.

네코야나기 파우.

아름답고, 가련한 모습이다.

사이드 업으로 묶은 하마시라의 비녀는 하얀 햇살을 받아 반짝이며 윤기 나는 흑발을 더욱 두드러지게 해주고 있다.

격동의 세상에서 평소에는 공무에 전념하던 그녀도 오늘만큼은 잠깐 해방되어—.

각 잡힌 정장에서 통뱀 무늬 유카타로 갈아입고 뵤쇼텐의 축제를 마음껏, 그러면서도 평온하게 즐기고 싶었다.

그러나, 그것도…….

빰빰빰빰! 하고 맹렬하게 울리는 물요요의 폭음이 가리키

듯이, 엉망이 되었다.

주변의 민중도 무심코.

"뭐야뭐야?"

"공습인가?"

두려움이 섞인 기색으로 돌아보기 시작하고 있다.

"잠깐잠깐잠깐! 파우! 아아, 있다!"

조금 늦게 방에서 나온 비스코는 파우의 험악한 모습에 완전히 겁먹어버린 접수원에게 후불 요금을 내고는 분노를 왈칵왈칵 쏟아내며 걸어가는 파우를 황급히 따라잡았다.

"여느 때의 발작이 나왔구만. 돌아갈 것까지는 없잖아!! 이야기는 지금부터가 진짜라고."

"하지만, 너무하잖아! 모처럼 둘이서 고양이 쇼군의 영웅담을 즐기려고 했는데…… 갑자기 현실로 끌려들어 왔다고."

"그렇게 말해도 말이지~. 고양이 쇼군 요우칸의 이야기는 정부를 비꼬는 것까지가 세트라고. 『고양이 손이라도 빌리고 싶다』까지 말하고 나서야 처음으로 끝나는 거라니까."

"으으으……?!"

깔끔하게 묶였던 파우의 머리가 약간 풀렸고, 분노 탓에 검은 뱀처럼 꿈틀댔다.

"그럼, 그 이야기를 할 때마다, 내가 바보 취급을 당한다는 말이냐!"

"아, 아니, 그건……."

"앞으로 이미하마에서 고양이 단소를 하는 자는 소득세를

20퍼센트 늘려버리겠어."

'공포정치잖아.'

"자! 이제 됐어. 재미없는 이야기는 끝이야!"

네코야나기의 피에 전해지는 놀라운 기분 전환 속도였다.

파우는 철곤 대신 불가사리 사탕을 빙글빙글 돌리면서 남편의 눈앞에 척! 들이댔다.

"오늘은 이미하마현 전체에서 열리는 묘진제. 부부끼리 오붓하게 즐겨보자고. 서방님!"

'……꽤 재미있는 이야기였는데 말이지.'

순화검·요우칸과 사악한 선묘(仙猫)·아마쿠사의 사투 이야기는 그 용맹함 때문에 버섯지기에게도 익숙해서, 어린이용 그림책에도 실려있다.

고양이 사무라이가 싸운다는 황당무계한 이야기지만, 비스코에게는.

'마치 정말로 있었던 일 같아…….'

그런 신기한 리얼리티를 가진, 이색적인 옛날이야기라고 말할 수 있었다.

좋아하는 이야기가 아내의 심기를 상하게 만들었다는 건 조금 유감스러운 이야기였다. 비스코는 문신을 벅벅 긁고는 작은 담화실을 돌아봤고…… 직후, 아내의 괴력에 질질 끌려서 축제 음악이 들리는 카라쿠사 대로로 향했다.

『오늘은 이 미 하 마 묘 진 제 !』

『인간의 친구를 위해 잔치를 엽시다!』

『제구(祭具), 귀금속 20%~70% 할인!』

푸른 하늘에 수많은 풍선이 떠 있고, 선전 문구가 바람에 휘날렸다.

고양이 귀를 이구아나에 붙인 기병들이 떠들썩한 아이들에게 금화 모양 사탕을 나눠주고 있다. 순회 승려들은 노점을 신기하게 보고 돌아다니며, 제구상은 대목이라는 듯이 여기저기서 불러대는 통에 크게 바쁘다.

『묘진제』.

일찍이 도쿄 폭재 이전, 인간은 「고양이」를 친구로 기르며 함께 살았다. 도시 곳곳에서 고양이를 보는 일도 매우 일상적이었다고 한다.

그러나 녹바람이 일본에 불어닥친 이후—.

인간보다도 녹에 민감했던 「고양이」들은, 일부 강인하게 진화한 종을 제외하면 현대에 살아남지 못했다. 적어도 「집고양이」라고 불리는 존재는 거의 멸종했다고 봐도 좋다.

그 후, 집고양이들은 신격화되어 다양한 종파에서 신앙을 받게 되었다. 신무 십필천 중 하나인 「보쇼텐」 또한 자유·금운의 신으로서 이른바 마네키네코의 모습으로 그려진다.

묘진제는 그런 고양이들을 진혼하는 걸 목적으로 한 행사이며, 아까 이야기꾼이 말했던 「순화검·요우칸」의 전설도 고양이를 잊지 않기 위한 이야기다.

이곳 이미하마 묘진제도 똑같은 행사이지만…….

"티롤의 진언도 있어서, 이미하마 묘진제는 더욱 오락적인 색이 진해져서 말이다. 현 전체에서 대대적으로 열자는 이야기가 되었지."

파우가 자랑스럽게 말했다. 통뱀 무늬 유카타는 소매 부분이 통뱀의 머리로 되어있어서, 팔을 당기면 마치 남편의 팔을 깨문 것 같았다.

"민중은 제멋대로라, 신 지사는 오락이 적다! 라는 비판이 올라오고 있었거든. 마침 잘됐지. 인근 현에서 온 손님도 많고, 경제 효과도 발군이다."

"흐~~응……."

"……."

어딘가 먼 곳을 바라보는 남편의 시선에 조금 눈썹을 꿈틀댄 파우는 어떻게든 자신을 격려하며 대화를 이어갔다.

"맞다맞다! 그보다도. 기뻐해라. 조만간 교토 정부에서 너에게 사면장을 내릴 예정이다. 이건 전례가 없는 일이야!"

"사면장?"

"지명수배의 완 전 해 제 다."

파우는 뜸 들이듯이, 그리고 이건 어떠냐는 듯 비스코의 두 눈을 들여다봤다.

"지금까지는 이미하마에서 나가지 못하고, 신혼여행도 멀쩡히 하지 못했으니까. 전국 어디에나 갈 수 있게 된다. 나라에서 드디어 자유를 인정해준 거다!"

'……자유를, **인정해준다**??'

"고생했다고. 기쁘지? 서방님!"

"으~응??"

"얄팍하잖아, 리액션이!!"

파우가 날린 혼신의 딱밤이 반려의 이마를 후려치면서 붉은 머리가 풍압에 흩날렸다. 크게 몸을 젖힌 비스코는 「으이이익!」 하고 신음하면서 이마를 문질렀고, 완전히 화가 나버린 아내를 황급히 뒤쫓았다.

이렇듯이.

지금의 비스코에게 사지(死地)에서 빛나던 화살의 예리함은 없다. 어딘가 공허한 눈으로 축제를 지켜볼 뿐, 두 눈동자의 비취색 광채도 구름이 끼어 있었다.

한마디로 표현하자면…….

어쩌면, 이것은 『지루함』이지 않을까?

평온하고 조용한 비스코의 표정을 돌아본 파우의 마음은…….

'……큭.'

마치 품솜까도 같은 불안감으로 꽉 조여들었다.

일단 결심하면 한결같은 여자인지라 반려의 행복을 위해 분골쇄신하고 있지만. 비스코의 마음은 바람과 같아서 어떤 일을 해도 붙잡을 수가 없었다.

문득 눈을 떼어놓으면.

'이미 그곳에, 없지 않을까.'

그런 마음조차 들어서…….

어떻게든 비스코를 매어 두기 위해 파우도 필사적이었다.

"이봐. 왜 그렇게 거슬려 하는 거야! 너 요즘 화내고만 있잖아."

"……네가 기뻐하지 않으면, 하는 일도 전혀 의미가 없어. 어떻게 해야 기뻐해 주는 거냐?"

"그렇게 말해도 말이지."

"사양 말고 말해라. 나는 지사라고! 마음만 먹으면 뭐든 바꿀 수 있어. 예를 들면, 이 축제의 어디가 마음에 안 드는 거냐?"

"……으~~음……?"

비스코도 묘진제는 싫지 않다.

그러나 일반 도시인과 버섯지기는 종교적 행사에 대한 관점이 전혀 다르다. 버섯지기에게 축제라는 건 좀 더 금욕적인 존재다.

묘쇼텐은 속박을 떨쳐내는 사냥의 신으로서 가까이 모시는 존재. 누군가가 소중한 사냥감을 처치할 때 자연과 주변 버섯지기가 모여 축제의 형태를 이룬다……. 그렇게 기도가 높아졌을 때 자주적으로 신과 마주한다는 자세가, 비스코에게는 극히 당연한 축제의 방식이다.

매년 어느 날을 정해서 열리는 건 애초에 축제의 생각 자체가 다르다.

하물며 눈앞에 있는, 이런…….

"굳이 따지자면. 그…… 저거……."

"음?"

비스코가 보고 있는 건, 현청의 거대 스크린에 비치는 3인조 아이돌이었다. 4박자 비트에 맞춰서 세 명의 여자아이가 빙글빙글 춤추면서 고양이 귀와 꼬리를 흔들고 있었다.

"신무(神舞) 같은 거야? 저, 저 차림새는 대체……."

상당히 아슬아슬하다. 저런 신무도 있기는 하지만, 그런 것 치고는…….

"코스프레라는 거다. 뵤쇼텐을 이미지해서 의상을 만든 거지."

"뭐?! 뵤, 뵤쇼텐의, 코스프레……."

무슨 신벌 받을 짓을. 비스코가 그렇게 말을 잇기도 전에.

"……하아앙?"

토라진 기색이었던 파우의 얼굴이 겨우 즐겁게 씨익 일그러졌다.

"과연. 저런 게 좋은 건가."

"어."

"그런 거라면 빨리 말해야지. 기다려라. 갈아입고 올 테니까."

"뭐어어?! 기다, 으걱."

파우는 들고 있던 불가사리 사탕을 비스코의 입에 집어넣고는 닷! 하고 지면을 박차 뛰어올라서 유카타를 펄럭이며 포장마차 위로 뛰어올랐다. 비스코는 멍하니 그 모습을 지켜보면서 불가사리 사탕을 우물우물 씹을 수밖에 없었다.

'……'

사탕을 삼키고 주변을 돌아봤다.

묘쇼텐의 승려에게 고양이 화장을 받아서 기뻐하는 여행자들.
귀금속이나 동물을 파는 시모부키 상인의 독특한 발음.
사격 게임에서 포장마차 경품을 싹쓸이하고 기뻐하는 버섯지기 아이들…….
모두가 평화 속에서 미소를 지으며, 따스한 행복을 향수하고 있다.

축제의 열기에 떠들썩해진 인파 속에서, 한 줄기 바람이—.
비스코의 피부를 서늘하게 감싸고 지나갔다.

'역시.'
'내가, 도시에서 사는 건 무리야.'

이것만큼은.
숙명적인 것이다. 비스코는 원래부터 모험의 별 아래에 있고, 그 운명은 미지와 약동에 감싸여 있다.
최근까지 무언가를 갈구하며 떠돌았던 비취색 시선은 그 인력에 이끌리고 있었던 거다. 본인도 무의식적으로 그걸 강하게 느끼고 있었다.

'내가, 나의 별 아래로 돌아간다면.'
'미로는 반드시 나를 따라오겠지.'
'그러니까. 그렇다면, 만약 그렇게 되어버리면.'

'파우는 어떻게 되지……?'

어쩌면, 두 사람과 동생이서. 어쩌면, 아이를 가지면서…….

아무튼 아내는 사람의, 사회의 평온 속에서 평온하게 살아가기를 바라고 있을 것이다.

그녀를 그곳에서 빼낼 이유도, 의리도, 무엇 하나 없다.

'하지만, 그렇다고.'

비스코의 두 눈이 약간 가늘어지며 인파의 고독 속에서 지나가는 바람을 노려봤다.

'처음으로, 등을 돌리는 건가? 기도를 그만둘 건가? 나의, 신에게……!'

"그대."

문득.

비스코를 덮은 바람을 갑자기 찢으면서, 뒷골목 입구에서 누가 말을 걸어왔다.

"그대. 그쪽의, 버섯지기 분."

"……으어?"

점술사였다.

작은 책상에 앉아, 얇은 부르카로 전신을 덮고 있다.

"이런 인파 속에서, 굉장한 명상 속에 계신 모양이더군요."

외눈 장식이 달린 얼굴의 그물망 부분으로 비스코를 보고 있는 모양이었다. 머리에 붙은 고양이 귀 장식은 그냥 붙인 것 같은 조금 전 아이돌과는 달리 본격적이었다.

"저는 뵤쇼텐을 섬기는 점술사."

그는 고개를 꾸벅 숙였다. 여자 같기도, 남자 같기도 한 목소리다.

"인연이 느껴집니다. 점을 보신다면…… 고민의 도움이 될 수도 있겠지요."

"필요 없어. 돈도 없고."

"돈은 받지 않겠습니다. 수행을 위해 오게 된지라. ……이거 참, 『고양이』와의 인연이 강하게 느껴집니다. 자, 이리 오시죠."

"……."

비스코도 신기한 감이 움직이는 걸 느꼈다. 이미 기척을 통해서 이 점술사에게 사악한 의지를 느끼지 못했기에, 뚜벅뚜벅 그의 앞으로 걸어가서 앉았다.

"고양이 점이라. 뭘 보는 거야?"

"이 세상에는 『인국』과 『묘마국』, 갈라진 두 개의 세계가 있습니다."

"이봐. 그건 그런 동화잖아?"

"우리 뵤쇼텐의 신도는 그걸 현실로 보고 있지요……. 우선은 왼쪽 손을."

비스코는 들은 대로 왼쪽 손을 보여줬다.

"인국과 묘마국은 흡사 음양과 같이 서로에게 작용하는 관계에 있습니다……. 됐습니다. 다음은 오른손을. 저는 묘마국의 기를 읽는 것으로 인국의 일그러짐을 고치고……. 잠시만요. 당신은…… 어라, 이것은……!"

점술사는 비스코의 오른손을 본 순간 전율하며 입가를 막고 말았다. 열심히 손금을 들여다보는 모습은 연기 같은 기색이 엿보이지 않았다.

"이봐! 왜 그래? 축제 날에 재수 없게."

"죄, 죄송합니다. 하지만 이것은……?! 화살…… 뭔가 터무니없는 힘을 가진 화살이 묘마국에 꽂혔다고 나와 있군요. 그것만이 아닙니다…… 이 화살의 장소는……."

점술사는 거기까지 말하고는 깜짝 놀라 자리에서 일어나서 넘어지듯이 뒤로 물러났다.

"사, 사선묘, 아마쿠사 겟페이의 봉인이?!"

"뭐야. 이봐?! 갑자기 왜 그래!"

"원망하겠습니다."

점술사는 부들부들 떨리는 목소리로 말을 자아냈다.

"당신의 화살이 『자유』를 갈구했기 때문입니다. 그 때문에, 고양이의 나라는……!"

"대체 뭐냐고. 점술사라면 간결하게 알 수 있게 말해!!"

"햐아아."

점술사는 비스코가 마치 괴물이라는 듯이 점술 도구도 놔둔 채 뒷골목으로 달아나버렸다. 비스코는 그걸 뒤쫓으려다가 바보 같아져서 바로 멈춰버렸다.

"뭐였던 거야? 실력은 좋아 보였는데……."

비스코는 점술사가 만졌던 자신의 손금을 빤히 바라보고는 어디를 놀란 건지 전혀 이해하지 못한 채 원래 큰길로 돌아갔다.

그러자…….

조금 전까지 축제로 떠들썩하던 카라쿠사 대로의 풍경이.

조~용.

그렇게 잠잠해졌다는 걸 깨달았다. 포장마차에 있었던 점주들은 일제히 가게를 비웠고, 파는 물건이던 제구나 구운 과자가 지면에 흩어져 있었다.

'……뭐지? 낌새가 이상한데.'

뒷골목에서 큰길로 돌아가려던 그때.

"야옹~!"

"우웃?!"

갑자기 머리 위에서 목소리가 들리자 비스코는 고개를 홱 들었다.

"야오옹."

이어지는 배관 위에 살며시 앉아있는 모습.

"파우?"

비스코는 무심코 목소리를 높였다.

그곳에는 조금 전까지와 같은 유카타 차림의 파우가…….

아니.

뭔가 고양이 귀 같은 것과 하늘하늘 흔들리는 꼬리를 단 파우가, 그야말로 고양이처럼 네발로 앉아서 가늘고 반짝이는 눈으로 비스코를 내려다보고 있었다.

비스코가 올려다보는 파우의 모습은 그림자가 드리워져 있었지만, 그 안에서 고양이 눈만이 달처럼 요사하게 반짝여서 마치 진짜 고양이와 눈을 마주하는 것 같았다.

아무래도…….

남편을 기쁘게 해주려고 고양이 차림새를 한 게 아닐까. 비스코는 그렇게 짐작했다. 파우가 화려한 차림새를 하려고 하는 건 일상적인 일이다.

"……있잖아. 딱히 옷에 대한 이야기가 아니라고! 사람 말은 언제나 마지막까지 들어야지 너란 녀석은 참. 내려와!"

타탁! 하고 날렵한 몸놀림으로 눈앞에 내려선 파우에게 한숨과 함께 걸어간 비스코는 쪼그려 앉아서 얼굴을 마주했다.

파우의 얼굴에서는…….

어떻게 붙였는지 기다란 고양이 수염이 나서 쫑긋쫑긋 흔들리고 있었다.

"……그나저나 너, 굉장한 리얼리티네. 그 귀. 어떻게 붙인 거야……?"

꽈악!

"읏! 으갸앗—?!"

"우오옷?!"

잡아당긴 고양이 귀가 체온을 가진, 머리에서 제대로 돋아나 있다는 것에 경악한 비스코는 무심코 손을 떼어놨다. 눈앞에는 울상이 된 파우가 예리한 손톱을 세우며 얼굴을 새빨갛게 물들인 모습이 비쳤다.

"후욱—!!"

"자, 잠깐! 너 이상하잖아. 대체 어떻게!"

촤아악!

질풍 같은 「손톱」의 번뜩임이 비스코를 덮쳤다. 얼굴에 들어간 세 개의 줄기와 뿜어져 나오는 선혈을 손에 잡은 비스코가 몸을 떨었다.

"뭐야 이게?!"

즉시 이를 드러낸 파우가 남편을 향해 뛰어들었다!

"후갸악—!!"

"우오와—악?!"

＊＊＊

『오늘은 이 미 하 마 묘 진 제 !』의 풍선이 내려가고…….

뭔가 예리한 발톱 같은 것에 갈기갈기 찢어졌다.

조용해졌다.

조금 전까지의 떠들썩함은 어디로 간 걸까. 각종 노점은 점주가 없고, 상품이나 동전함은 주변에 흩어졌고, 자경단의 이구아나는 기승자를 잃은 채 정처 없이 주변을 어슬렁거릴 뿐이다.

"젠장."

문지기조차 사라진 이미하마 북문을 지나서.

"늦었어! 이미하마도 당한 것 같아."

등에 백팩을 짊어진 해파리 머리 소녀가 헥헥 숨을 헐떡였다.

상인 티롤. 묘진제를 틈타서 장사하러 나타났나 싶었지만, 아무래도 그건 아닌 모양이었다. 그건 그 몸을 보면 일목요연했다.

티롤의 동공은 초승달처럼 가늘어졌고, 게다가 뭔가 짐승의 귀 같은 게 머리털을 헤치고 튀어나와 있었다. 귀엽긴 하지만, 입에서도 명백한 송곳니 같은 이빨이 드러나 있어서, 말하자면 그건 그야말로『묘인(猫人)』으로 변이한 듯한 모습이었다.

"할아버지의 말대로야. 어서 미로에게 전해줘야……."

티롤이 짐승성에 침식될 것만 같은 사고를 필사적으로 돌리던 바로 그곳에.

'휘잉휘잉.'

그런 날개 소리를 내면서 뻐잠자리가 신기한 듯 다가왔다. 티롤은 딱히 드물지도 않은 잠자리 한 마리를 그냥 무시한 채 판다 의원으로 가려고…….

했, 는데.

"야옹!!"

티롤의 예리한 손톱이 뻐잠자리를 덮쳤다! 간발의 차이로 피한 뻐잠자리를 올려다본 티롤은 목구멍 속에서「그릉그릉그릉」울고는…….

「헉!」하고 정신을 차렸다.

"나, 난 대체 뭘 하는 거야! 가야 해, 미로에게!"

끼기기긱, 고양이의 본능에서 자신을 떼어놓고 거리로 시선을 돌렸다. 그리고, 거리의 창문 틈새에서 요사하게 빛나는 시선을 본 티롤은 오싹하며 다시 굳어졌다.

"야옹."

"야아아옹."

"야옹—."

"크, 큰일이야!"

쨍그랑! 이곳저곳의 창문을 뚫고 반쯤 고양이로 변한 이미하마 현민들이.

티롤…… 아니.

티롤 주변을 날아다니는 빼잠자리를 향해 뛰어올랐다. 아이, 상인, 자경단원 구별할 수도 없이 뛰어드는 반묘인들을 탄력 있는 반짐승의 몸놀림으로 피한 티롤은 간발의 차이로 그곳에서 빠져나왔다.

""""냐바바—!""""

"진짜로 위험하잖아. 빨리 가지 않으면 나도 저렇게 될 거야!"

흙먼지를 헤치고, 공처럼 뭉쳐서 투닥투닥 싸우는 반고양이들을 곁눈질한 티롤은 이성을 되찾고 판다 의원을 향해 달렸다.

"네코야나기 선생님! 또 급환입니다!"

"이쪽으로!"

들것이 들어왔다.

침대 위에 팔, 허리, 다리까지 면밀하게 고정된 사람은 칼베로에서 태어난 어부, 현 이미하마 자경단의 에이스·너츠였다.

유혈은 없고, 부상다운 부상은 보이지 않지만…….

그 모습은 이상했다.

"너츠! 이럴 수가……!"

"냐가가악—!"

트레이드마크인 상어 마스크는 스스로 물어뜯은 모양이었다.

잇몸을 드러내며 울부짖는 너츠의 입에 벨트를 억지로 물려 주자, 너츠는 항의하듯이 「냐가아오오」라며 고개를 휘저었다.

'모두와 똑같은 증상이야. 설마 너츠까지……!'

판다 멍에 전해지는 땀을 닦으면서…….

오랜만에 의사 업무에 쫓기게 된 미로는, 지금은 대병원이 된 『판다 의원』 원장으로서 현장 의사들에게 속속 지시를 날렸다.

"이래서는 감염이 퍼질 뿐이야. 묘진제 중지 명령은 아직 안 나왔어? 파우에게 전했어?!"

"그게. 오늘이 끝날 때까지는 어떤 안건이 오더라도 말 걸지 말라는 제1급 명령이……."

"데이트네. 직권남용이야!"

미로는 머리를 휘저으면서 마음을 다잡고는 젊은 의사들을 불렀다.

"모두 모여요! 대략적인 문제 증상은 특정했습니다. 이 환자로 설명할게요."

"냐가가악~!"

"먼저, 이 눈을 보세요."

차례차례 모여든 의사들을 향해 너츠의 눈을 열어서 보여줬다. 그 안광은 마치 사나운 짐승처럼 번뜩 빛나서 의사들을 위축시켰다.

“밝은 곳에서 환자의 동공은 이렇게 바늘처럼 가늘어집니다. 어두운 곳에서는 크게 벌어지는 걸 보면, 빛을 흡수하는 능력이 매우 높아진 모양입니다.”

“감염된 지 얼마 안 됐을 텐데요.”

“굉장한 스피드의 신체 변이야.”

“또 하나 특징적인 건, 이 이빨의 변화.”

방심하면 뜯길 수도 있다. 미로가 금속 겸자(鉗子)를 써서 반쯤 억지로 너츠의 입을 열자, 그 가지런했던 이빨이 지금은 수렵 동물처럼 변해있었다.

“개인차는 있지만, 이렇게 예리해지고…… 그의 송곳니에 이르러서는 거의 짐승 송곳니라고 말해도 지장이 없을 만큼 발달했습니다.”

‘마치, 이건……!’

미로는 자기가 설명하면서도 너츠의 신체 변화에 전율했다.

‘「고양이」야. 이 병은 인간을 점점 고양잇과 동물에 가깝게 만들고 있어!’

“선생님, 병명을!”

“임시지만 『고양이병』이라고 하죠.”

안이하지만 의미는 잘 통할 것이다. 미로는 너츠의 침을 닦아준 후, 진열된 조제기의 스위치를 차례차례 켰다.

“원내에 있는 모든 조제기를 『힝묘 앰플』로 전환해주세요.

소재는 선인장버섯, 찡그림버섯, 팽이버섯, 히라치나민. 마취 효과로는 라스테인도."

""네. 선생님!""

의사들은 너츠의 들것을 밀고 서둘러 자기 위치로 돌아갔고, 이 긴급 사태를 대비해서 일제히 조제에 들어갔다.

'잠깐은 이걸로 버틸 거야. 그렇지만……!'

미로는 혼자 남은 원장실에서 고민에 잠겼다.

환자를 진정시킬 수는 있어도 이건 시간 벌기고, 근본적인 해결은 되지 않는다. 그뿐만 아니라 이 『고양이병』은 아직 구체적인 감염 경로가 밝혀지지 않았다.

'원인을 규명해야 해. 이대로 가면 일본 전체가 고양이로……'

"판다 의원! 여기다, 늦지 않았어!"

"꺄앗! 잠깐, 곤란합니다!"

고민에 잠긴 미로의 귀에 후다다닥 하는 떠들썩한 소리가 들려왔다.

"원장님은 바쁘세요. 지금은 만나실 수 없습니다…… 와아앗!"

"나는 말기 환자라고—! 비켜 짜샤—!!"

무슨 일인가 해서 문으로 다가간 미로의 눈앞에서.

콰앙!!

"와앗?!"

문을 걷어차고 핑크색 해파리 머리가 굴러들어오듯이 날아들었다.

"미로!!"

미로와 얼굴을 마주한 순간, 해파리 소녀는 고양이 귀를 기쁨으로 펄럭이면서 마치 짐승이 덤벼들듯이 그 하얀 목덜미로 뛰어들었다.

"냐―! 만나고 싶었어!"

"티, 티롤!! 대체 무슨…… 앗, 잠깐, 아파. 아파!"

"후갸악―!!"

그대로 판다 의사의 가느다란 몸을 밀쳐 쓰러뜨리고는 그 목덜미를 몇 번이고 살짝 깨물었다. 정신없이 달라붙는 티롤의 손톱이 미로의 백의에 걸려서 거침없이 찍찍 찢어버렸다.

"이건. 고양이병이잖아……!"

미로는 티롤에게 어울리지 않는 짐승의 힘을 느꼈다.

'우선은 진정시켜야겠어.'

그 수렵 본능을 자극하지 않게 전신의 힘을 빼고, 다정하게 고양이 귀 사이를 쓰다듬어줬다.

"……옳~지옳지. 고양이가 되는 게 무서웠구나. 이제 괜찮아, 티롤……."

"후―욱. 후―욱!"

'엄청 흥분했잖아. 위험할지도.'

이미 티롤의 손톱은 미로의 복을 찢었고, 쇄골 쪽을 혀로 핥고 있다. 살과 땀의 맛이 흥분을 계속 부추긴다면, 짐승성에 몸을 맡겨 물어뜯으러 달려들 우려도 있었다.

미로는 즉시 판단을 재정비했다.

"티롤."

"후규?"
티롤에게 보여주듯이.
하얀 목에 자기 손톱을 찍어서 살을 찢어 보여줬다. 새빨간 선혈이 목덜미에 살짝 드러나자, 생명의 냄새가 티롤의 후각에 강렬하게 호소했다.
"땀보다는, 피가 더 맛있어."
"으……!"
피를 응시하고 번뜩이며 빛나는 금색의 눈동자.
"이리 와?"
그 목소리가, 티롤의 마지막 이성을 끊어버렸다. 탄력 있는 짐승의 몸을 약동하며 미로의 목으로 달려든 티롤은 코가 새빨갛게 물들었는데도 불구하고 정신없이 미로에게서 흐르는 생명의 선혈을 핥아 먹었다.
'빈틈!'
미로는 재빨리 허리춤의 앰플집에서 항묘 앰플을 꺼내서 피에 정신이 팔린 티롤의 몸을 안고 목덜미에 주사했다.
"하규욱?!"
버섯지기가 짐승을 처치하는 움직임, 그 정밀 동작에서 미로를 능가하는 사람은 없다. 티롤은 주입되는 약액을 느끼며 몸을 부르르 떨다가 「아으으이이……!」라는 뜨거운 한숨을 흘렸다.
"움직이지 마. 금방 약효가 통할 테니까, 릴랙스해……."
"으규이이이……."

티롤은 즉효성 앰플 덕분에 몇 분도 걸리지 않아 이성을 되찾았고, 「으이이—!」라는 소리를 내며 미로의 몸에서 어떻게든 자신을 떼어놓았다.

“허억, 허억! 미, 미로, 미안. 나……!”

“티롤이야말로, 늦어지기 전에 우리 쪽에 와서 다행이야. 아직 침대는 남아있으니까, 한동안 여기에 입원—.”

“농담이지! 자고 있을 여유는 없어, 미로!”

미로의 말을 듣자마자 티롤은 헉! 하고 사명을 떠올리고는 백의를 탈탈 흔들었다.

“나, 할아버지를 대신해서 여기로 왔어. 빨리 고양이병의 원인을 끊어야 해!”

약은 통한 모양이지만, 고양이병에 걸렸는데도 불구하고 동물적 본능을 억누르는 건 역시 매우 힘든 일인지, 티롤은 수시로 카펫을 긁으면서 어떻게든 이성을 유지하려 했다.

“오오챠가마 대승정 대신……? 반료지는 고양이병의 원인을 밝혀냈어?”

“이걸 봐.”

티롤이 휴대 컴퓨터 디스플레이를 재빨리 펼치자, 위성 중계 영상이 비쳤다. 영상은 이미하나 상공을 중심으로 북쪽은 우키모바라, 남쪽은 사이타마 철사막까지를 비추고 있다.

“할아버지의 말로는, 『마타타비 입자』라는 미지의 입자가 고양이병의 원인이래. 그게 갑자기 솟아난 원인이 위성에 또렷하게 비치고 있어.”

티롤의 손가락이 디스플레이를 슬라이드하면서 이미하마 아래, 사이타마 철사막을 남하해서…….

『도쿄』가 나타났던 도쿄 폭심혈, 그보다도 남쪽을 가리켰다.

"이걸 봐."

"……에엑. 뭐야 이게?!"

"『묘문(猫門)』이라고 한다네. 보이는 그대로."

"농담이지?!"

미로가 비명을 내지른 것도 무리는 아니다.

예전에는 카나가와라고 불린 그 녹사막 안에, 오도카니.

『거대한 고양이 얼굴』이 돋아나서 위성을 노려보고 있었기 때문이다. 위성 사진으로 확인할 수 있으니까 터무니없이 거대했고, 표정 없는 눈이 더욱 꺼림칙하게 비쳤다.

그리고 크게 벌어진 입에서는 뭔가 불처럼 일렁이는 안개 같은 게 뿜어져 나와 바람에 실려 이미하마로 날아가고 있는 게 보였다.

"이, 고양이, 얼굴이?! 고양이 입자를 뿜어내고 있다고?!"

"이것저것 설명하고 싶지만, 그건 나중! 할아버지의 경문을 직접 흘려 넣으면, 이 『묘문』은 사라질 거야. 저기, 미로. 거기까지 호위를……."

문득.

빠르게 말하던 티롤의 말이, 멈췄다. 잡아먹을 듯이 위성 사진을 바라보던 미로는 이윽고 그걸 돌아봤고…….

"……티롤?"

"나비!"

폴짝! 하고 도약한 티롤의 몸을 「와아악!」 하고 수그려서 피했다.

하얀 나비 한 마리가 창문에서 하늘하늘 원장실로 들어온 거다. 그걸 쫓아서 날뛰는 핑크색 꼬리에 걸린 꽃병이 소리를 내며 쓰러졌다.

"와아앗. 티롤. 날뛰면 안 돼! 앉아! 스테이!"

"후갸악—!!"

미로의 말도 닿지 않았다. 티롤은 수렵 동물의 본능에 몸을 맡겨 폴짝폴짝 뛰며 나비를 쫓아다녔고, 카르테의 종이 눈보라를 방 전체에 휘날렸다.

'……티롤이 이런 상태라면, 정말로 느긋하게 있을 수 없어. 고양이병을 내버려 둔다면 인간은 모두 짐승이 되어버릴 거야!'

추가 항묘 앰플을 뽑은 미로가 막으려고 몸을 일으키자…….

"먀아—아악!!"

"에엑?!"

숨 돌릴 틈도 없었다.

쨍그랑!! 하고 의원 창문이 깨지면서, 이번에는 긴 흑발의 고양이녀가 원장실로 들어온 것이다.

마치 고양이라기보다는, 흑표범…….

유카타 차림에, 찬란하게 빛나는 남색 고양이 눈은.

"파우?!"

이미하마의 흑철지사, 네코야나기 파우 바로 그 사람이 틀림없었다.

깨끗하게 차려입은 통뱀 유카타가 지금은 완전히 흐트러졌다. 고양이병에 걸려서 탄력이 늘어난 그 풍만한 몸을 감싸지 못한 채, 아슬아슬한 부분에서만 의류로서의 긍지를 가까스로 지키고 있는 모습이었다.

"잠깐—!! 옷, 제대로 입어야지! 바로 벗지 말라고 했잖아!"

"먀아."

동생의 말은 귓등에도 들어오지 않는지, 파우는 날카롭게 나비를 발견해서 티롤과 쟁탈전을 벌였다.

"으먀아—!"

"먀고—!!"

서로 견제하면서 뒹굴고 있다.

그곳에.

"따라잡았다고, 짜사—!!"

쨍그랑! 마찬가지로 창문을 통해 뛰어든 건 비스코였다.

지금 그 안면은 마구마구 할퀸 손톱자국이 생생하게 남아 있고, 목덜미 몇 군데에도 깨문 자국이 보였다. 타오르는 녹식의 피가 그것들을 치료하고자 활화산의 균열처럼 상처 부위를 빛내고 있었다.

"미로, 파우를 억눌러! 그 녀석 남편을 물어버렸어. 입보다 먼저 이빨을 들이미는 여자는 네 누나 정도라고!"

"냐가—!"

"갸오—!!"

"어, 해파리도 있잖아?! 끄와악! 그만둬—!!"

카르테는 물론이고 뢴트겐 사진도 여기저기 흩날렸고…… 점점 어지러워지는 방 안에서 이름 없는 나비만이 죽을힘을 다해 도망치고 있었다.

한편, 미로는, 비스코가 뛰어들었을 때부터 각오를 다지고 가스마스크를 쓰고는, 앰플집 안에서 마비버섯 유탄을 천천히 꺼냈다.

펑!!

바닥에 내려친 마비버섯 유탄은 원장실 전체에 하얀 가스가 되어 퍼졌고.

"먀……오~~?"

"냐후아~~."

감각이 민감한 고양이에게는 크리티컬 히트.

그렇게나 굉장했던 두 고양이녀는 몇 초도 지나지 않아 그 자리에서 풀썩 쓰러지고 말았다.

그런 한편.

"와아악, 바보바보. 던질 거면 던진다고 말해!"

역시 균술의 기척에는 민감한 비스코는 마비버섯이 작렬하는 순간 구강을 외투로 덮이시 가까스로 졸도를 면했다.

하얀 가스가 천천히 걷힌 뒤—.

폐허가 된 원장실에는 음냐음냐 얼굴을 비비는 검은색과 핑크색 고양이녀가 각자 얕은 잠에 몸을 맡기고 있었다.

어묵처럼(비스코의 평가) 하얀 배를 오르락내리락 움직이는 티롤과 어깨 아래까지 흘러내려서 위태로운 모습을 드러낸 누나의 유카타를 미로가 황급히 정돈해줬다.

"겨우 잡았네."

비스코는 전투의 여운이 식지 않아 비취색으로 빛나는 눈으로 파우를 내려다보고는 누나의 맥박을 재는 미로에게 말을 걸었다.

"그나저나, 손톱이나 송곳니가 돋아날 정도로 화를 낸 건 처음이야. 뭐가 문제였던 거지? 네가 말한 대로 머리 모양도, 유카타도 칭찬했는데."

"바보야! 단순한 히스테리로 인간에게 송곳니가 돋아날 리가 없잖아!!"

'파우라면 돋아날 수도 있어.'

"파우도 사람을 짐승으로 바꾸는 『고양이병』에 감염된 거야. 준비해, 비스코! 파우에게 응급조치를 해주고 나서 그 원인을 끊으러 가야 하니까!"

"아!"

붉은 머리 소년의 두 눈동자가 미로의 말을 듣고 반짝 빛났다.

"이미하마에서 나가는 거냐!"

"자세한 건 티롤이 알고 있어! 기다려, 지금 깨울게……."

"뭐든 좋아. 아쿠타가와를 깨우고 올게!!"

"에엑?! 자, 잠깐만!"

"그 녀석, 도시에 익숙하지 않아서 지루할 거야. 나와 달리 사회성이 없으니까!"

아직 어디로 간다고 말도 안 했는데.

비스코는 마치 물 만난 물고기처럼 뛰어올라서 태양의 포자를 흩날리더니…….

"빨리 와야 해, 미로!"

잠깐만 돌아보고는 창문에서 뛰쳐나갔다.

최근 평온 속에서 지내면서 뭔가 흐릿해졌던 비취색 눈이, 모종의 위협이 닥쳐오자 새로운 모험의 고동을 느끼며 뜨겁게 빛나는 것을 미로는 확실히 목격했다.

"……기쁜 듯이 나가기는."

파트너의 머리 위에서 빛나는 모험의 별이 어떤 성질을 가졌는지, 미로가 모를 리가 없었다.

'……참고 있었구나.'

'그런 점은 바보라니까.'

'손 한번 잡아주고. 당겨준다면—.'

'누구든 너를 따라갈 텐데.'

미로가 혼자 그런 생각을 하면서 가스마스크를 벗자, 불어오는 바람이 하늘색 머리를 살랑살랑 흔들었다.

그리고.

어질러진 자기 방을 보고 표정이 돌변, 질색하며 한숨을 내쉬었다. 방 정리에 들어가기 전, 바닥에서 꿈틀꿈틀 움직이는 나비 한 마리를 발견하고는 그걸 손가락으로 정신 차리게 해서 깨진 창문을 통해 밖으로 내보내 줬다.

2

사이타마 철사막.

거대한 게의 여덟 다리가 모래를 헤치고 성큼성큼 그 거구를 앞으로 보냈다. 그 안장 위에서는 바람이 불어와 자잘한 쇠모래가 철썩철썩 부딪쳤다.

도쿄가 무지개색 포자를 발하며 반짝반짝 빛나는 모습을 곁눈질하면서…….

소년들은 외투로 몸을 덮고 아쿠타가와를 몰아 더욱 남쪽으로 서둘러 향했다.

도쿄를 지나가면 이미 그곳은 전인미답, 곰치도 쇠쥐도 살지 않는 흑철의 바다다.

하늘은 푸를 텐데, 검은 연기 같은 쇠모래가 공중을 뒤덮으며 햇빛을 가려서 사막 일대를 밤처럼 바꿔버렸다.

또한, 그 황량한 경치 속에서 한층 반짝반짝 생기를 발하는 파트너의 눈동자를…….

미로는 즐거운 듯 수시로 바라봤다. 비스코도 잠시 뒤 그 시선을 깨닫고는 뭔가 묘하게 쑥스러워져서 바로 고양이 눈 고글로 눈동자의 빛을 가려버렸다.

『순화검·요우칸의 전승은 완전한 창작 신화인 게 아니니라.』

"그럼 대승정님. 우리 인간의 나라 뒤편에, 고양이의 나라가 정말로 있다는 건가요?"

"정신 나간 영감이잖아. 아직도 산타가 오는 걸 믿나 봐."

"비스코!!"

『인국과 묘마국. 본래 그것은 분기된 다른 가능성의 위상(位相)에 존재하여, 서로 관측할 수가 없지. 하지만 얼마 전 카나가와에 떨어진 기적의 화살이, 사람과 고양이를 문으로 연결하고 만 게야.』

""기적의 화살……?""

조수석에서 흔들리던 비스코가 미로와 시선을 맞췄다.

두 사람의 눈앞, 포터블 디스플레이 너머에서 『어흠』 하고 헛기침한 것은, 하얗고 폭신폭신한 털 안에 고양이 귀가 돋아난 반료지·오오챠가마 대승정 바로 그 사람이었다.

『그대들이 쿠로카와를 쓰러뜨린, 초신궁의 화살 말이다.』

"에엑!"

"다, 다시 말해서. 이번 고양이병의 원인은!"

『그대들 때문이다. 이 멍텅구리들!』

평소에는 멍~하고 온화한 오오챠가마 대승정도 세계의 이치가 흐트러진 건 참을 수가 없었는지 증기를 뿜뿜~ 뿜어대면서 웬일로 화를 냈다.

『다른 가능성, 이나더 일본과의 문을 연결해버리다니 참으로 엉터리 같은 일. 앞으로 그 활은 금지다. 초신궁 금지!!』

"그런 소리를 해도! 거기서 쿠로카와를 쏘지 않았다면……."

"우먀아~~."

"티롤!"

고삐를 맡은 미로는 조금 전부터 수시로 백팩 안의 티롤을 신경 쓰고 있었다.

"괜찮아? 앰플 다시 놔줄까?"

"괘, 괜찮아…… 한가할 뿐……."

티롤은 자기 위로 겸 들고 있던 생쥐 장난감을 망가뜨렸는지, 고양이의 몸은 완전히 지루함을 느끼고 있었다. 안쪽에서 쓸데없이 긁어댄 탓에 백팩도 상처투성이다.

'손톱도 이빨도 날카로워졌어. 우물쭈물할 수 없어.'

한편, 이미하마에 남은 파우 쪽은 티롤보다 고양이병 내성이 강했기에 일단 약을 복용하면서 제정신을 유지하고 있었다. 지금쯤은 자경단 지휘를 맡고 있겠지만, 그래도 고양이로 변한 민중이 언제 폭력 봉기할지 알 수가 없는지라 그것도 걱정의 씨앗이다.

"저기, 비스코. 아직 문은 안 보여?"

미로는 약간 초조함을 드러내며 파트너를 돌아봤다.

"……."

"비스코!"

"초조해하지 마. 다가가고 있어."

비스코는 고양이 눈 고글의 메모리를 조정하면서 대답했다.

조금 저부터 고양이 눈 고글은 쇠모래 폭풍 속에서 반짝이며 타오르는 불똥 같은 입자를 관측하고 있었다. 오오챠가마 대승정의 설명에 따르면, 『순화 입자』라고 반료지에 전해지는 그것은 아쿠타가와의 걸음에 맞춰서 착실하게 진하고, 강해지고 있었다.

아무래도 그에 이끌려서인지…….

"불방어가 헤엄치고 있네."

검은 하늘에 불꽃 같은 등지느러미를 흔들면서 신기한 듯 아쿠타가와를 내려다보고 있다.

커다란 공중 어류들이었다.

그에 흥미를 보이려는 아쿠타가와를 제지한 비스코가 중얼거렸다.

"등지느러미의 활기가 좋아. 이곳의 생명력이 강하다는 증거야. 가까워."

"순화 입자를 들이쉬지 않게 조심해. 일단 앰플은 놨지만, 나도 비스코도 언제 증상을 보일지……."

"앗! 보인다."

고글 배율을 올린 비스코가 약간 몸을 내밀었다.

"뭐…… 뭐야 저게?!"

"비스코, 나도 보고 싶어!"

"기다려. 지금 비출게."

비스코는 등의 활을 뽑아서 전방의 사막을 향해 화살 한 발을 날렸다.

빠꿈!

그러자 녹식이 솟아올랐다. 급성장한 녹식은 주변의 모래를 먹어치우고 철의 폭풍을 비추면서 불방어 무리를 주변에 내쫓았고, 어두웠던 아쿠타가와 주변에 햇빛을 불러들였다.

그리고…….

"우, 우와아……!"

미로의 눈에 날아든 것은 소규모 산처럼 부풀어 오른, 거대한, 『고양이 얼굴』이었다.

특히 고양이의 코는 하늘을 향해 뻗어있어서, 아쿠타가와 쪽에서 보면 마치 쇠모래에서 빰 부분이 불쑥 솟아오른 것처럼 보였다.

고양이 얼굴은 갑자기 태양빛이 들어오자 약간 눈을 가늘게 뜨고는, 졸린 듯이.

『으먀―오옹.』

그렇게 목소리를 길게 늘였다.

음파는 바람이 되어 소년들의 외투를 펄럭펄럭 흔들었고, 놀라움인지 어이없음인지, 아무튼 압도적인 존재감을 발하면서 두 사람의 입을 쩍 벌리게 했다.

『나왔구나. 저게 「묘문」이다!』

"문이라기보다는, 대놓고 고양이 아냐?!"

『티롤!』

"알았다고!"

티롤의 목소리를 듣고 두 사람이 돌아봤다. 백팩에서 나온 티롤은 할아버지를 비춘 컴퓨터를 홱 빼앗고는 고양이 눈을 금빛으로 빛내며 묘문을 노려봤다.

"저것에 경문을 읊으면 모두의 고양이병도 나을 거야. 콧등까지 나를 데려다줘!"

"상식 밖이잖아. 어째서 저런 게 사막에 생겨난 거야?"

"너희 때문이라니까!"

“서두르자. 아쿠타가와!”

미로의 고삐에 응한 아쿠타가와는 용감하게 달렸지만, 마침 고양이 뺨에 여덟 다리를 올린 시점에서.

『꾸물텅』.

그런 뜻밖의 꺼림칙한 부드러움 탓에 자세가 무너지고 말았다.

“으게엑. 기분 나빠!!”

“아쿠타가와, 힘내!”

아쿠타가와는 단단한 암반이나 질퍽한 늪지대는 특기지만, 아무리 그래도 고양이 얼굴 위를 달린 적은 없다. 얼마나 곤혹스러워하는지 고삐를 통해서 전해져왔지만, 그래도 어떻게든 묘문을 올라서 콧등까지 등반하는 데 성공했다.

『으먀―옹.』

“이게…….”

““순화의 원흉!””

고양이 목소리에 몸이 찌릿찌릿 떨렸지만, 세 사람은 코 위에서 고양이 얼굴을 들여다봤다. 크게 벌어진 고양이 입 속에는 은하처럼 소용돌이치는 순화 입자가 맴돌았고, 그게 하늘을 향해 뿜어져 나오고 있었다.

“이 입 너머가, 고양이 나라와 이어져 있는 건가?”

『문을 봐서는 안 된다. 함부로 간섭하는 건 피해야 해. 그대가 고양이를 들여다볼 때―.』

“고양이도 우리를 들여다보고 있다는 건가. 과연, 대단한 명언이네요.”

"어디가 어떻게 대단한 거야. 평범한 말이잖아!!"

"고양이 머리 위에서 쫑알쫑알 떠들지 마! 알겠어?! 내가 지금부터 반료지의 경문으로 이걸 닫을 거야. 너희는 나를 확실하게 지켜!"

티롤은 고양이의 탄력으로 아쿠타가와에서 뛰어내리더니 휴대 컴퓨터에서 뭔가 컬러풀한 케이블을 늘려서 고양이 콧등에 꽂았다. 그리고 손톱이 늘어난 양손으로 재주 좋게 키보드를 두드려서 반료지에 전해지는 주언(呪言)을 입력했다.

"할아버지. 준비 끝났어!"

『접속 확인했느니라. 지금이야말로 반료지 승려 100명의 선력으로 호프 님 비전의 진언을 읊어야 할 때!』

오오챠가마 승정이 석장을 「짤랑」 흔들자, 그 뒤에 대기하던 100명의 선승(禪僧)이 이마에 붉은 범어를 적어넣은 채 입을 모아 만트라를 읊으며 선력을 끄집어냈다.

『폐문 프로그램, **토지에몽**.exe를 전개!』

"""예!"""

『방화벽에 의한 방해가 예상된다. 티롤이여, 돌파는 맡겨도 되겠지?』

"사실은 게임 패드가 좋지만, 명필은 붓을 가리지 않는 법!"

티롤이 재빨리 화면을 전환하자, 그곳에는 뭔가 가느다란 도트로 그려진 슈팅 게임 배경이 비치고 있었다. 해파리형 기체가 화면 위에서 내려온 고양이가 뿜어내는 엄청난 양의 탄막을 피하면서 범어 탄환을 쏴댔다.

"할아버지, 침입했어! 경문 주입해줘!"

『「**런치 게이트 클로저. 탐색. 갱신. 딜리트 고양이 컨퓨저. 구축. 생신. 탐색. 리런치 고양이 딜리터…….**」』

"젠장. 생각보다 탄막이 빡세……!"

티롤은 멋지게 적 고양이를 격파하고 있었지만, 머리털이 달라붙을 만큼 땀에 흠뻑 젖었다. 자신의 중추로 침입을 허용해서 움찔움찔 떠는 묘문 위에서, 비스코는…….

"이봐, 미로. 이 녀석, 왠지 갑자기 놀기 시작했잖아."

"아니야! 이건 해킹 프로그램을 게임풍으로 가시화시킨 거야. 반료지의 선력이 그대로 티롤의 탄이 되어서……."

"나한테도 시켜줘. 죽으면 교대해."

"아— 시끄러워! 정신 사납게! ……좋아, 조금만 더……!"

티롤의 손가락이 엄청난 속도로 키보드를 두드리며 대보스로 보이는 거대한 마네키네코의 라이프 게이지를 모두 깎아내려는…….

그 직전에.

『마, 마, 마……』

"앗?! 고양이가 깼어. 이 녀석, 날뛸 거라고."

"티롤, 위험해! 일단 여기서 도망치자!"

"안 돼. 이제 조금 남았어! 이 폭탄만…… 아앗?!"

『마—크취!!』

묘문의 성대한 『재채기』가 리액션할 여유도 주지 않은 채 세 명과 한 마리를 하늘 높이 띄워버렸다. 입에서 날아온 터무니없는 풍압과 엄청난 순화의 회오리에 말려든 세 사람은 어쩔 도리도 없이 공중으로 날아올랐다.

"비스코!!"

"엄청난 힘이야. 움직일 수가 없어!"

『으마—.』

지금까지 졸려 보이던 묘문의 눈이 『확』 하고 반짝이듯 열리더니, 명백하게 세 명과 한 마리를 표적으로 삼은 모양이었다. 특히 가장 먹음직스러워 보이는 아쿠타가와에게 뜨거운 관심을 보였다.

"큰일이야. 아쿠타가와가 먹혀버리겠어!"

"내버려 둘 것 같냐!"

비스코는 허리춤의 작은 가방에서 가까스로 만가닥버섯 유탄을 꺼내 아쿠타가와를 향해 던졌다.

뽕!! 하고 작렬한 만가닥버섯이 아쿠타가와의 몸을 튕겨내서 간발의 차이로 순화의 회오리에서 구해냈다. 철사막을 데굴데굴 뒹군 아쿠타가와를 본 두 소년은 공중에서 「후우」 하고 숨을 내쉬었다.

"후우, 가 아니잖아아아아아—!! 나는 어쩔 거야!! 먹히겠어! 살려줘—!!"

"미로, 새송이버섯이야! 거기에 와이어를 걸자!"

"알았어! 지금……."

『으마—.』

아쿠타가와를 빼앗긴 묘문이 분노의 목소리를 내질렀다!

고오오!! 회오리의 위력이 한층 늘어났고, 순화에 묶여버린 세 사람을 낚아채서 빙글빙글 입 안으로 빨아들였다.

“““오오오와악—!!”””

그 경악하는 외침과 함께—.

쏘옥.

묘문은 마침내 소년들을 입 안에 통째로 삼켜버렸다.

『이, 이게 무슨!!』

지면에 떨어진 컴퓨터에서 대승정의 비장한 목소리가 들렸다.

『말도 안 돼. 묘문이 스스로 움직이다니?!』

『으먀아옹.』

『앗.』

콰앙! 채찍처럼 날아온 고양이 수염! 컴퓨터를 단숨에 산산조각 파괴한 묘문은 만족스럽게 울고는.

『고고고고고고고…….』

굉음을 내면서 철사막 안으로 들어가 버렸다.

아쿠타가와는 즉시 공중으로 도약해서 묘문을 향해 왕집게 발을 후려쳤지만, 그건 고양이 수염을 약간 스쳤을 뿐이었고, 이후에는 그저 사막의 지면만이 펼쳐질 뿐이었다.

…….

아쿠타가와는…….

그 자리에서 뽀글뽀글뽀글 거품을 내뿜으면서 잠시 고민하고는, 뭐 게의 두뇌로는 딱히 뭔가 떠올릴 수조차 없었기에 주인의 위기를 알리고자 서둘러 이미하마를 향해 맹렬하게 달려갔다.

7
순화검(瞬火劍) · 고양이 발톱
코부쿠보 신지
SHINJI COBKUBO PRESENTS

[일러스트] 아카기시K
[세계관 일러스트] mocha (@mocha708)
DESIGNED BY AFTERGLOW
The world blows the wind erodes life.
A boy with a bow running
through the world like a wind.
녹을 먹는 비스코
SABIKUI
BISCO

3

'깡깡!'

때는 뵤에이(猫永) 18년.

야츠하시가 8대 쇼군·요우칸의 치세에 갑작스레 덮쳐온 검은 그림자.

사악한 기린아, 숙적 「아마쿠사 겟페이」의 부활!!

인간에게 전해지는 수수께끼의 초력(超力)을 손에 넣은 아마쿠사는 옛 「키노코(鬼ノ子)의 난」의 재래라는 듯이 묘마국에 대혼란을 불러일으킨다.

우리의 쇼군·야츠하시 요우칸, 물론 토벌에 나선다. 그러나 쇼군이 그 오니와반(御庭番)#3으로 고른 것은, 지상에서 나타난 「인간」 젊은이였는데……?!

지금부터 이야기하는 것은 비밀의 구전 「순화검·고양이 발톱」. 부디 눈도 깜빡이지 마시길!

＊＊＊

선대 쇼군·야츠하시 라쿠간의 붕어(崩御)도 이미 10년 전의 일. 이후 8남, 야츠하시 요우칸의 치세가 되어 묘마국은 오랫동안 안녕을 누려왔다.

#3 오니와반(御庭番) 에도 막부에 존재하던 쇼군 직속 밀정.

출생은 천했지만, 묘마의 백성을 위해 부정한 것을 물리치고 선량한 것을 소중히 여기는 요우칸의 정치는 민초들에게 평판이 좋았다. 난폭한 기질은 있어도 그 인품, 아니 묘품에 수많은 호걸들이 반해 묘마 막부를 반석에 올렸다.

그러나…….

뵤에이 18년, 그 묘마국에 위기가 찾아온다.

갑자기 하늘에서 떨어진 『황금의 벼락』으로 인해 발생한 원인을 알 수 없는 죽음의 병.

『녹병』의 만연이었다.

이곳은 묘마국, 묘마성.

"으으. 아, 아프구나, 아파……."

병상에 누워있는 건 로주(老中)[#4]·시바후네.

선대·라쿠간 쇼군의 대부터 야츠하시가를 섬겼고, 요우칸의 유년기부터 그 성장을 지켜봐 왔던 노(老)친칠라다.

다리와 허리도 정정한, 늙는 걸 모른다고 불리던 시바후네가…….

지금, 『녹병』의 독니에 걸려 죽음의 병상에 있었다.

피부가 마치 녹 같은 것에 뒤덮여 서서히 죽어간다는, 그야말로 괴병. 시술로 진행을 늦출 수는 있지만, 아직 완치의 가망성은 보이지 않았다.

그걸 지켜보는 것은.

#4 로주(老中) 에도 막부의 최고 원로 가신.

"할아범. 견뎌라. 곧 아픔은 가실 거다."

우리의 8대 쇼군, 야츠하시 요우칸.

올해로 30세인 그야말로 전성기. 검은 털은 윤기가 자르르 하고, 그 얼굴은 날카롭다. 쇼군의 신분을 빼더라도 그 두 눈을 보고 반하지 않을 여자는 이 묘마국에 없으리라……는 평가를 받는 미모였다.

"여느 때의 노성이 없다면 나 역시 긴장감이 없어. 마음을 굳게 먹어라."

요우칸은 그렇게 할아범을 격려했지만…….

"전하. 부디 카이샤쿠를. 이 늙은이, 전하의 족쇄가 되고 싶지는 않습니다."

"약한 소리를 하지 마라."

눈물에 젖은 노고양이의 얼굴을 붉은 고양이 눈이 들여다보면서 힘껏 손을 잡아줬다.

"반드시 치료법을 찾겠다. 그때까지 견뎌야 한다……. 할아범이 죽는다면, 묘마국을 다시 번영시킬 수는 없어."

"으으…… 면목이 없습니다……."

시달리면서 잠든 할아범의 배를 이불 위에서 다정하게 매만져주면서…….

'참으로 괴병이로다.'

요우칸도 고민에 잠겼다.

순화검의 요우칸에게 벨 수 없는 건 없다……고들 말하지만, 병이 상대여서는 어찌할 도리가 없다. 곁에 머물던 전속

의사 고양이가 할아범의 붕대를 갈아줬다.

"전하. 너무 골몰하시면 안 됩니다. 이후에는 저희가."

"아직 병의 원인은 찾지 못했느냐."

"점술사는 황금의 벼락이 하늘을 찢은 탓이라고 말하고 있습니다만…… 아무래도 주술 고양이의 말, 의지할 수는 없습니다. 자자, 이만 쉬시지요."

"해조류 약초가 다 떨어졌을 거다. 짐이 해변까지 가서 가지고 오마."

"안 됩니다! 전하께서 직접 성 아래로 나가신다니……!"

"상관하지 마라. 지금 묘마에서 움직일 수 있는 건 짐밖에 없다."

한번 말을 꺼내면 듣지 않는 것이 요우칸이다. 큰 칼과 작은 칼을 허리에 차고 바람처럼 빠르게 성을 뛰쳐나갔다.

"호쿠사이. 가자!"

그리고 애마 호쿠사이에 올라타 성 아래를 향해 내달렸다.

묘마성, 성 아랫마을.

여느 때는 가다랑어포나 신선한 생선, 사탕이나 약을 팔며 떠들썩하던 묘마의 거리도…….

지금은 한산했다.

마을에 드문드문 놓여있는 양생소에서는 녹병에 시달리는 고양이 주민들이 신음하면서 병의 고통을 견디고 있었다. 그 목소리를 들을 때마다 요우칸의 마음은 천 갈래로 찢어졌고,

호쿠사이의 속도를 더욱 높였다.

'무력하구나. 쇼군으로서 백성들에게 아무것도 해줄 수 없다니.'

그때.

콰르릉!

갑자기 황금색 광채와 함께 천둥이 울려 퍼졌다.

"꺄아아."

가옥 안에서 마을 고양이들의 비명.

콰르릉, 콰르릉! 계속해서 두 발.

쿠우우우웅. 호쿠사이가 발을 멈출 정도의 굉음이었다. 해안이 「오오오오」 하고 전율하듯 떨리며, 타는 듯한 냄새조차 풍겼다.

크게 울면서 공포에 질려 날뛰는 호쿠사이를 달랬다.

"워워! 호쿠사이. 괜찮다."

요우칸은 눈을 가늘게 뜨고 벼락이 떨어진 해안 방향을 가만히 노려봤다.

점술사의 말로는, 하늘이 찢어졌을 때 나타난다는 황금의 벼락…….

'그것이 세 발. 불길하구나. 또 다른 역병의 전조인가.'

가슴이 술렁거린 요우칸은 서둘러 호쿠사이를 몰았다. 점차 가옥이 드물어지고, 이윽고 암운 낀 하늘 밑에 펼쳐진 묘마의 해안을 내다볼 수 있게 되었다.

바다의 냄새. 대기가 축축하고 차가워서 비의 전조를 손끝에 전해줬다.

벼락이 떨어진 모래사장은 탄 냄새가 강해서, 민감한 고양이의 후각을 자극했다. 그리고 도착한 요우칸이 절벽에서 내려다본 묘마 해안의 모습은…….

"이건."

초토화다.

해안의 바위는 새까맣게 타서 증기조차 피워올리고 있다. 선착장은 화염에 휩싸여서 활활 타올랐고, 부두는 감전사한 정어리와 자바리가 배를 드러내며 떠 있었다.

요우칸은 절벽을 뛰어내려 해안에 내려섰다.

"으음. 배가."

그리고 저도 모르게 낙담한 목소리를 냈다. 선착장에 세워뒀던 자신의 작은 배도 마찬가지로 번개에 당했는지 중앙부터 두 쪽이 나서 불타버렸다.

곤란하게 됐다.

그런 생각이 들었지만, 병상에서 괴로워하는 할아범을 생각하면 요우칸은 이 정도의 일로 굴할 수 없었다. 차라리 헤엄을 쳐서라도 갈 각오를 다지고…….

바다를 바라보지, 문득.

해수면에 둥둥 떠오른, 외투에 감싸인 몸을 발견했다.

"앗! 물에 빠진 고양이!"

두 명 있다.

어부일까? 타버리긴 했지만, 벼락이 방금 떨어진 참이다.

'숨이 붙어있을지도 모른다.'

요우칸은 바다에 풍덩 뛰어들어서 재빨리 그곳으로 헤엄쳐 외투를 입으로 물고 해안으로 돌아왔다. 예상 밖으로 무거운 몸에 고생했지만, 요우칸은 두 사람을 해안에 눕게 했고…….

오싹! 하고 굳어졌다.

'이, 이자들은?!'

새빨간, 타오르는 듯한 머리.

이마에 붙은 기묘한 기계장치 안경. 범어 같은 눈 밑의 문신…….

무엇보다 그 얼굴. 털이 없는, 매끈한 피부는…….

틀림없는—.

'인간이다!'

요우칸이 전율한 대로, 인간의 모습이었다.

'이건 놀랍군. 벼락과 함께 인간이 떨어지다니.'

다른 한쪽, 하늘색 머리의 소년도 인간의 모습이 틀림없었다.

『너무 난폭하게 행동한다면, 지상에서 인간이 덮쳐올 겁니다…….』

요우칸도 유년기에는 그렇게 들으며 자라왔다. 할아범이나 측근이 근처에 있었다면 그런 요괴, 당장 베어버리겠다! 라며 목소리를 높였겠지만…….

'……고양이와 이들 인간은 예전에는 친구라 들었다. 사악한 자는 아니겠지.'

요우칸은 재빨리 그렇게 결심하고 기절한 두 사람의 단전에

「에잇!」 하고 기를 넣어줬다.

"콜록!!"

"푸앗!"

달인의 각성술은 아무래도 인간의 몸에도 통하는 모양이라, 두 사람은 곧바로 기도 속에 들어있던 물을 토해내고 크게 기침했다.

아무래도 만신창이, 의식도 몽롱해서 머리도 제대로 움직이지 않는 모양이다.

"목숨은 구해줬다. 이 이상은 돌보지 않는다."

"뭐, 야, 너는……."

붉은 머리가 가까스로 고개만 움직여서 요우칸을 바라봤고…….

이윽고 경악하며 눈을 크게 떴다.

"고…… 고양이 인간?! 우와앗, 괴물!"

"불손한 녀석이로다."

죽어가던 몸이면서 기운찬 녀석. 요우칸은 살짝 웃었다.

"이곳은 묘마국, 고양이의 성역이다. 괴물은 그대들 쪽이겠지."

"묘마국……?"

"인간이라도 예의를 안다면 목숨은 뺏지 않는다. 아무쪼록 고양이 마을로 내려가서 못된 짓을 하지 마라."

"자, 잠깐, 너……? 콜록, 콜록!"

기침하는 붉은 머리의 입에서 작은 물고기가 폴짝 튀어나왔다. 요우칸은 그걸 살짝 보고는 다시 약초를 찾아 바다로 향했다…….

그때.

“요우칸 님! 요우칸 님—!!”

“음.”

요우칸의 뒤쪽, 해변에 솟은 절벽 위에서 그를 부르는 소리가 들렸다.

묘마국의 마을 고양이, 포목점 주인 센베이였다.

“뭘 하고 있느냐. 비가 온다, 집으로 돌아가거라.”

“그럴 때가 아닙니다!!”

센베이는 새된 목소리로 외쳤다. 아무래도 범상치 않은 모습이었다.

“키노코가! 키노코가 나왔습니다. 묘마성 아랫마을에 키노코가!”

“뭣이?!”

“구해주십시오, 전하. 이대로 가면 성 아래가 불타버립니다!”

요우칸의 표정이 바로 변했다.

‘키노코의 재래라고. 이 이변, 역시 **녀석**의 짓인가!’

휘이익, 하고 휘파람을 불자 애마 호쿠사이가 달려왔다. 그에 올라탄 요우칸은 말굽을 크게 울리며 해변을 달렸고, 달려온 센베이를 안장 뒤에 올렸다.

“사무라이는 없느냐. 성에 있는 이들은 어쩌고 있지?!”

“묘마성에도 키노코가 나온 모양이라. 사무라이님들은 모두 그쪽으로…….”

"멍청한 것들. 백성을 지키지 않고 뭐가 사무라이냐!"
검고 윤기 나는 털이 분노로 곤두섰다.
"키노코 놈들…… 이 순화검에 걸고 무고한 백성을 해치게 두지 않겠다!"
질풍처럼 묘마성 아래를 향해 말을 내달렸다.

"검은 고양이는, 있나?"
"오늘의 다음은, 정말로 내일인가?"
"집이다. 불태우자."
"쿠구궁!"
"보에~~~~."
아비규환이 울려 퍼지는 묘마성 아랫마을을…….
제 것인 양 활보하는 이형의 존재들이 있었다.
땅딸막하고 하얀 체구에, 두껍고 짧은 손발. 크게 열린 머리의 갓에서는 포자가 마구 흩날렸고, 자기 키만큼 거대한 불도끼창을 높이 들었다.
외눈인 것, 세 눈인 것, 형태는 개성적이지만 모두 움직임은 둔하고, 엉기적엉기적 걷는 모습은 언뜻 보기에는 따스하고 귀엽세 보이지만…….
이것이 바로 일찍이 묘마를 절망의 도가니에 빠뜨린 사악!
『키노코의 군세』가 틀림없었다.
"검은 고양이는, 있나?"
"쿠구구궁!"

"집이다. 불태우자."

"배고파."

"파오~."

쿠웅, 쿠웅, 쿠웅.

마이페이스인 키노코들의 불도끼창이 마구잡이로 불을 뿜어대며 민가를 속속 날려버렸고, 화염버섯 포자에 불을 붙였다. 안에 있던 고양이들은 옷만 걸친 채 도망쳐버렸다.

"히에엑~"

"버섯이다. 키노코가 나왔다아."

딱한 한 마리가 버섯 병사에게 붙잡혔다.

"이 녀석인가?"

"너는, 쇼군 고양이냐?"

"아닙니다! 저는 그냥 가다랑어포 장사꾼! 키지토라 고양이입니다. 살려주십시오!"

"아니라는데."

"그래도, 고양이인 건 틀림없어."

"절반은 맞아."

"절반 판정이야."

"절반 판정이다퐁."

"살려주십시오—!!"

키지토라 고양이의 비명이 불바다가 된 밤에 울려 퍼진, 그 찰나.

사아악!!

검은 선풍이 불면서 공중에 반월 모양의 은빛 섬광이 빛났다.

'차릉!'

하얀 칼날을 칼집에 넣자, 명도·킨츠바의 방울이 울렸다. 키지토라 고양이를 붙잡고 있던 키노코의 한 팔이 절단되어 마을 고양이를 놓쳤다.

"파오!"

"너는!"

키노코의 시선이 일제히 검은 털에 쏟아졌다.

"웬 놈이냐."

"웬 고양이냐."

"작은 뇌를 굴려봐라."

8대 쇼군, 요우칸.

하얀 칼날을 한번 칼집에서 뽑으면, 망나니의 진가를 발휘하게 된다.

"일찍이 네놈들 키노코의 야망을 베어낸…… 순화검·요우칸을 잊었느냐!"

"요우칸 님!"

"도망쳐라."

키지토라 고양이가 도망치는 걸 감싼 고양이 쇼군이 일렁이는 불에 비치며 전진했다. 날카로운 얼굴도 지금은 분노로 불타올랐다.

"집을 태우고, 민초에게까지 손을 대다니……."

그는 칼날 끝처럼 날카롭게 키노코들을 응시했다.

"네놈들의 무도함, 아무리 나라도 화가 나는구나. 조금 뜨거운 맛을 보여주마."

"검은 고양이다."

"요우칸이다!"

"파오~!"

"집을 태우면, 요우칸이 나타난다."

저마다 중장비를 한 키노코들이 마을 고양이들을 쫓는 걸 그만두고 일제히 요우칸을 돌아봤다.

'꺼림칙하군.'

요우칸의 패기는 다른 검호들도 움츠러들게 하는 굉장한 수준이건만.

버섯 오니들은 그에 겁먹은 기색조차 없었다.

어딘가 감정이 결락된 것 같았다. 칼날에 맞은 키노코는 떨어진 자신의 팔을 빤히 바라보고는 흥미를 잃고 그걸 불 속에 던져넣었다.

팔의 단면에서는 뽀글뽀글 생명의 포자가 끓어오르며 딱히 오랜 시간도 지나지 않아 재생하리라는 게 엿보였다.

"아마쿠사 님은, 생포하라, 고 말씀하셨다."

"하지만, 요우칸은, 강해."

"재빨라."

"생포하려면, 일단."

"죽이고 나서."

"죽이고 나서, 생포다."

"파오~!"

"파오~!"

키노코는 저마다 외치더니…….

갑자기, 전조도 간격도 없이. 한 키노코 병사가 대방패를 들더니 그 강철 덩어리를 힘껏 후려쳤다. 콰아앙! 그러나 지면에 부딪힌 그 대방패는 요우칸의 몸을 후려치지 못했고.

"순화검."

그 발판이 되어 요우칸의 몸을 밤하늘에 띄웠다!

"파오오!"

"『날치』!"

촤악!!

칼집에서 하얀 칼날이 번쩍였다. 공중제비 거합이라고 말해야 할까. 공중에서 세로 일자로 번뜩인 칼날은 그대로 버섯의 목덜미? 아무튼 뒤쪽을 깊이 베어버렸다.

『푸샤아아아앗.』

주변에 버섯 포자가 흩뿌려졌다. 키노코는 덜덜 떨더니 요우칸에게 일격이라도 먹이고자 몸을 휘리릭 돌렸다.

"으아아."

그러다 균형을 잃고 불타는 민가 속에 꽈당! 쓰러졌다.

"앗뜨거어어어!"

"빠르다!"

"요우칸은, 강해."

불에 휩싸여 데굴데굴 굴러다니는 동료를 본 키노코들이

약간 전율했다.

"불을 써라."

"태워라."

콰앙, 콰앙!

불도끼창이 뿜어대는 폭염이 차례차례 작렬하여 요우칸을 향해 날아갔다. 요우칸은 민가 지붕을 뛰어넘어 피했지만, 화염버섯 포자는 정말 무지막지한 위력으로 나무나 짚을 날려 버리며 요우칸을 쫓았다.

'흠. 예전의 키노코보다 버겁군. 묘한 불을 써.'

불똥이 검은 털을 지글지글 태웠다!

"스모~크, 뭉게뭉게!"

"요우칸! 왜 그러나, 덤벼라."

"지붕이, 없어진다."

"지키는 거, 아니었냐."

키노코들은 입을 모아 요우칸을 도발하면서 콰앙, 콰앙! 하고 불도끼창을 연발했다. 이대로 가면 묘마의 마을이 잿더미로 변한다……고 본 요우칸이 어느 지붕 위에 멈췄다.

"단념했다."

"생포다."

"태워버려라."

선두 키노코가 불도끼창을 번쩍 들어—.

찰칵!

묘하게 얼빠진 소리를 냈다.

"파오?"

"도끼창 하나에, 화약은 세 발……."

순간, 지금까지 도망에 전념하던 요우칸이 명도·킨츠바를 스르륵 뽑았다.

"구조를 안다면, 대단한 무기는 아니군!"

재빨리 키노코 무리를 향해 도약했다!

"쏴라. 쏴라."

"탄이 없어."

허둥대는 키노코들 가운데에서 검은색 선풍이 휘날린다!

크게 휘두른 도끼를 피하고는 1참! 2참! 3참! 그렇게 발뒤꿈치 힘줄을 베어버려 키노코의 움직임을 순식간에 봉쇄했다.

"파오오오!"

"못 일어서겠어."

무신경·마이페이스인 이 오니들도 평범한 고양이 사무라이와는 비교조차 되지 않는 요우칸의 검력에는 쩔쩔매고 있었다.

"다리 힘줄을 전부 베었다."

하얀 칼날을 꼬리로 감싸서 재주 좋게 피를 닦은 요우칸은 명도를 칼집에 찰칵 넣었다.

"얌전히 있어라. ……염려하지 마라. 내가 반드시 고양이로 되돌려주마."

요우칸은 그렇게 중얼거렸다.

이 키노코들의 모습은…….

마음을 지배당한 고양이가 변이한 것이다.

일찍이, 사악한 법술사 「아마쿠사 겟페이」의 법력으로 인해 많은 묘마의 백성이 키노코로 변해버렸다. 그때 요우칸은 아마쿠사를 토벌하고 그 주력을 해방시켰다.

'역시 아마쿠사의 짓이 틀림없겠지. 하지만 녀석의 유해는 코반지에 봉인했을 텐데…….'

움직이지 못하는 버섯 병사들을 내려다보며 고민에 잠긴 요우칸의 귀에…….

"파오파오파오. 대단하구나, 검은 고양이!"

"음."

묘마의 마을에 있는 높은 언덕에서 승리를 뽐내는 듯한 키노코의 웃음소리가 날아들었다.

백인장일까? 금색 장식이 달린 갑주는 다른 버섯 장비와는 일선을 그을 만큼 호화로웠고, 지능도 약간 앞서는 모양이었다.

"네가 강하다는 건 알았다! 하지만, 묘마성의 고양이는 어떨까!"

"뭣이?!"

"나의 호령 하나로, 이 화염버섯 수류탄이 불을 뿜을 거다. 묘마성은 불바다가 되겠지. 불탄 고양이 100명의 완성이다! 아무리 너라도, 이 인원의 포격을 막을 수는 없겠지."

높은 언덕 위에는 주르륵 늘어선 키노코 병사가 일제히 성을 향해 기계장치 포를 겨누고 있었고, 뭔가 긴장감 없이 멍하니 요우칸을 내려다봤다.

'과연, 키노코답군. 무사도를 모르는 방식이로다.'

아무리 요우칸이 준족의 네 발을 가졌다고 해도, 여기서는 칼날도 닿지 않는다. 전력으로 달려도 1분, 그사이에 포가 발사되겠지.

묘마성 안에는 『녹병』에 시달리는 할아범·시바후네가 도망치지도 못한 채 누워있을 것이다.

'자, 그럼. 어쩔 거냐? 8대 쇼군?'

키노코는 성급하다. 일단 지금은 녀석의 비위를 맞춰주며 시간을 벌어야 한다.

요우칸은 명도를 「짤랑!」 들고는 백인장에게 보이도록 휙휙 흔들었다.

"그대들이 원하는 건 나의 신병이겠지. 화포를 쏘지 않는다면 저항하지 않고 구속되겠다. 이리로 사자를 보내라!"

"기특한 녀석이군. 도를 버리고 거기서 기다려라!"

백인장과 요우칸 사이에 이루어진 대화의 바로 옆에서…….

"한가하다."

"쏘고 싶다."

"쏘자."

"안 된다. 백인장이 화낸다."

"파오~."

"그래도, 안 쏴도 혼난다."

"그것도, 그런가."

"쏘자."

"쏘자."

"파오~!"

쾅! 쾅, 쾅!

참지 못한 키노코 병사의 포탄이 속속 언덕에서 발사됐다. 불타는 포자 포탄이 묘마성에 차례차례 착탄하여 불과 흑연을 피워올렸다.

"앗?! 바보 같으니. 무슨 짓을!"

"앗, 바보 녀석들—!! 누가 쏘라고 했냐."

'네 이놈. 머리가 딸린 녀석들!'

부하가 대장의 말을 듣지도 않을 줄이야. 아무리 요우칸이라도 예측하지 못했다. 요우칸은 즉시 킨츠바를 입으로 물고 네 발이 되어 마을 지붕을 뛰어넘어 묘마성으로 뛰어갔다.

"우왓—! 살려줘—!"

"전하—!!"

'할아범…… 무사하길!'

요우칸이 자기 몸이 타오르는 것도 불사하고 저택에 뛰어들려던 그 찰나.

"비켜, 검은 고양이!"

"음?!"

휴웅!

즉시 회피한 요우칸의 몸을 섬광 같은 무언가가 스치고 지나갔다.

그것은 공중에 직선을 그리며 기와지붕에 꽂히더니.

빠끔!!

성 지붕을 뒤덮을 정도의 청록색 버섯을 피워냈다.

젤리 같은 질감의 버섯은 갓 뒤에서 물방울 같은 포자를 주르륵 쏟아서 불에 휩싸였던 묘마성을 순식간에 진화했다.

"뭐냐."

"요우칸 놈. 무슨 짓을 한 거냐."

"저건. 버섯 아니냐."

키노코들이 허둥대는 한편.

"이, 이건……?!"

더욱 놀란 건 요우칸이었다.

환술이 아니다. 확실히 질량을 가진, 물 같은 『버섯』이 성의 불을 끄고 병에 걸린 고양이들을 구해낸 것이다. 너무나도 충격적인 광경이어서 다음 행동을 취하지 못했다.

"장마버섯이야. 물에 독은 없으니까 안심해."

익숙하지 않은 목소리. 아니, 조금 전에 들었던, 이 목소리는……!

"그대는!"

"탄이 온다! 멍하니 있지 마!"

뒤에서 파앙! 하고 하늘로 날아가는 붉은 그림자. 그림자는 요우칸을 노리고 날아온 화포 유탄을 향해 회오리처럼 몸을 회전시키더니.

"으으랴압!"

콰앙!!

마치 도끼의 일격 같은 발차기로 유탄을 걷어차 날려버렸다!

유탄은 그대로 반대 방향으로 포물선을 그리며 언덕으로 돌아가 작렬했고, 키노코의 군세는 「와아악」, 「히야악~」 하고 도망쳤다.

'엉터리 같은!'

바람에 흩날리며 불타는 머리.

요우칸 옆에 내려선, 이 스사노오 같은 소년은…….

역시 조금 전 요우칸이 구한, 인간 중 한 명이 틀림없었다.

"목숨 빚은 갚았어. 성에는 내가 간다! 쇼군님은 마을을 부탁해."

"나를 알고 있나. 넌 대체 누구냐?"

"아카보시 비스코. 버섯지기다!"

그것만 말하고 지붕을 박찼다.

"……버섯지기……?!"

요우칸은 멀어져가는 『아카보시 비스코』를 한동안 지켜보고는, 잠시 뒤 정신을 차려서 네 발로 그를 뒤쫓았다.

'정말로 고양이 나라에 떨어져 버렸어.'

비스코는 성 아랫마을의 지붕을 건너뛰면서 「그나저나」라고 생각하며 가도를 쫓아오는 『버섯 인간』, 아니 키노코들을 흥미롭게 내려다봤다.

'자립해서 움직이는 버섯이라니 들어본 적도 없어. 이 녀석들은 틀림없이 초신궁 화살의 힘으로 태어난 거야……. 그렇다면 내게도 부모로서 책임이 있어.'

"쫓아라 쫓아—! 수상한 놈이다."

"뒤로, 보내지 마라—!"

"비켜, 짜샤!"

단궁이 번뜩였다. 붉은느타리버섯 화살이 직선이 되어 키노코의 발밑에 꽂혔다.

빠꿈, 빠꿈!

""""오와~~앙!!""""

키노코들의 하얗고 둔중한 몸이 공중을 날았고, 아득히 먼 곳에 떨어져서 『뾰용』 하고 튕겼다. 그걸 멀리서 바라본 비스코는 성의 지붕에 도착했다.

"들어라! 나는 버섯지기. 자비의 아들 아카보시 비스코다!"

그러고는 언덕 위의 키노코들에게 외쳤다.

"누구에게 조종당하고 있다면, 너희를 해방해주고 싶다. 부모는 누구냐? 만나서 이야기 좀 하자!"

"이 녀석 누구?"

"무서워."

'버섯이 나를 모른다니, 꽤 복잡한 기분이야.'

말을 고르며 우물거리던 비스코를 가리킨 키노코 백인장이 크게 외쳤다.

"가소롭구나~! 어머님의 말은 절대적. 우리 키노코의 어머니는 묘선(猫仙)·아마쿠사 겟페이 님 말고는 없다!"

'아마쿠사…… 겟페이?'

바로 최근에도 들은 이름. 비스코가 고민할 여유도 주지 않은 채 키노코의 낭랑한 목소리가 날아왔다.

“우리는 어머님이 가진 황금빛 화살의 힘으로 태어났다. 묘마의 고양이를 동족으로 삼고, 키노코의 천년 왕국을 세우라고 말씀하셨다~!”
“아마쿠사 님의 말은 절대적이다!”
“어머님, 만세.”
“어머님, 만세.”
“어머—.”
화악!!
비취색 안광이 달밤에 빛나면서 돌풍이 불어닥쳤다. 키노코들은 포자를 주변에 흩뿌리며 놀랐고, 멍해져서 목소리도 잠잠해졌다.
“그렇군. 내 화살의 힘을 써서, 그 아마쿠사가. 너희를 마음대로 조종하고 있는 건가.”
돌풍에 맞은 외투가 뒤집혔고…….
스르륵 꺼낸 단궁을 으드극 당겼다.
“쏜다!”
“전원, 대비해라—!”
“너희는 생명. 조종당해선 안 되는 자들이야. 내가 버섯의 본질을 가르쳐주마.”
월광에 번뜩이며 빛나는 송곳니!
“그래도 일단은. 내가 누구인지! 가르쳐주는 게 먼저겠지!”
“위험하지 않아?”
“쏴라, 쏴! 『불탄 인간』으로 만들어라!”

투콰, 투콰, 투콰!!

주변을 둘러싼 키노코 병사들이 일제히 불도끼창을 날렸지만, 공중을 나는 비스코의 몸에는 전혀 닿지 않았다. 비스코는 기분 좋게 공중으로 도약하고는.

“샤아—, 라아앗—!”

화살통에서 뽑아낸 버섯 화살을 차례차례 날려서 불도끼창의 포격까지 꿰뚫고 빠꿈, 빠꿈! 하고 암반에서 피어나는 만가닥버섯으로 키노코들을 날려버렸다.

“파오—?!”

“버섯!!”

“겁먹지 마라! 상대는, 한 명…….”

부하를 돌아보려던 백인장의 눈앞에.

투웅! 하고 흙을 부수며 착지한 비스코가 날카로운 시선을 보냈다.

“아마쿠사 겟페이에게 전해라.”

“파오……!”

“배 속에, 버섯을 기를 수 있다고 믿다가는—.”

비스코의 예리한 손가락이 백인장의 갓에 걸렸고, 그대로 경이로운 등골로 빙글빙글 돌려서 270도의 궤도를 그리고는—.

“먹혀 버린다고 말이야!”

그리고 뒤쪽 지면에 내동댕이쳤다!

빠꿈!!

백인장의 커다란 몸은 지면에 설치되어 있던 새송이버섯 화살에 직격해서 크게 치솟았고…….

"오 와 아 아 아 아 ~ 앙."

그대로 머나먼 저편으로 날아가 버렸다.

"백인장이 당했다."

"급료는?"

"안 나와."

"도망쳐."

애초에 충성심이 낮았던 키노코들은 대장의 전선 이탈을 계기로 불도끼창을 내팽개치고는 흩어져서 도망쳤다.

"……."

그리고.

'전하에게 진 은혜는 갚은 거겠지.'

일단 고양이 나라의 위기는 끝났다.

버섯 인간들의 뒷모습을 지켜보던 비스코는, 문득.

"응!"

뒤에 선, 뭔가 심상치 않은 기척을 느끼고 재빨리 몸을 돌려 물러났다.

그곳에는…….

키가 큰 검은 고양이가 머리를 휘날리면서 허리춤의 도에 손을 대고 있었다.

"전하……?!"

어린 시절 그림책에서 봤던…….

그야말로 순화검·요우칸의 모습.

비스코는 입을 열려다가, 아마 의도적으로 내뿜었을 살기를 느끼며 다물었다.

'……싸울 셈인가?!'

"살기는 뿜어줬다. 이러면 기습은 아니지."

"무슨 속셈이야. 성을 구해줬는데, 고맙다는 인사가 먼저 아냐?"

"뽑아라."

"이야기 좀 들어, 고양이! 나는 감사를 받아야지—."

"간다."

쐐액!! 하고 번뜩인 명도가 먼 거리에서 단숨에 비스코의 미간을 향해 떨어졌다. 그 천뢰와 같은 스피드! 비스코가 「우와앗?!」 하고 즉시 허리춤의 단도를 뽑아 눈앞에서 그걸 순간적으로 막아냈다.

까키잉!

"이 자식, 제정신이냐!"

"무해한 인간인 줄 알았건만……."

으득으득, 도가 불똥을 튀겼다.

"키노코의 기술을 사용하는, 아마쿠사의 꼭두각시였나. 내 눈도 둔해졌군. 여기서 벤다!"

빠키잉! 도끼리 서로 튕겨났고, 두 사람은 즉시 거리를 벌렸다.

"버섯이라면 사악한 거냐?! 도도 그냥 사람을 베는 도구잖아!"

"악인일수록 입이 잘 돌아가는 법. 전사라면, 무(武)로 자신을 증명해보아라!"

"후회하지 말라고!"

까킹, 까킹, 까킹!

명도·킨츠바와 도마뱀 발톱 단도가 몇 번이고 맞부딪쳤다. 비스코의 몸은 지금 녹식이 발하는 태양의 광채로 가득 차서 달빛에 오렌지색 궤적을 남기고 있었다.

그러나.

그 범상치 않은 완력, 기량을 가지고도, 비스코의 단도는 요우칸의 검력에는 닿지 않았다. 탄력 있는 짐승의 몸에서 펼쳐지는 공방 일체의 검격은, 때때로 예상치 못한 각도에서 덮쳐 오는지라 비스코의 반사 신경으로도 받아내는 게 고작이었다.

'큭…… 강해. 뭐야 이 녀석?!'

"훌륭한 기력(技力), 심력(心力). 그런 재능을 가졌음에도, 어째서 악의 길로 떨어졌는가!"

"떨어지지 않았다고, 이 고양이 자식아!!"

까킹!

콤마 1초의 호흡을 맞춘 비스코의 단도가 하얀 칼날을 튕겨냈다. 크게 젖혀진 요우칸의 몸을 향해.

"거기다!"

회수한 비스코의 단도가 그대로 베고 들어갔다—.

스팡!!

섬광.

"뭣."

"하지만 인간. 고양이의 무기는 모르는가."

"이이이이!"

발톱의 일격이었다!

요우칸은 도가 튕겨 나간 그 기세를 죽이지 않고 검은 몸을 빙글 휘날리며 뒷발로 비스코의 가슴을 「베어 낸」 것이다.

푸슈우욱! 비스코가 세 줄기의 피를 뿜어내며 후방으로 날아가자, 즉시 도를 입에 문 요우칸이 추격에 들어갔다.

'강적. 이 기회를 놓치면 패한다!'

요우칸은 네 발로 달려서 필살의 타이밍을 놓치지 않고자 물러나는 비스코에게 달려들었다…….

바로 그때.

비취색 두 눈이 번득!! 꿰뚫듯이 빛났다.

"읏!!"

오싹! 등골을 스치는 오한 탓에 요우칸의 타이밍이 아주 잠깐 늦어졌다. 비스코는 후방으로 물러나면서 단궁을 뽑아 그 화살을 드득드득 당겼다!

"이걸로오오—!!"

'당했다.'

순화검·요우칸이 가진 달인의 안력은 이미 콤마 몇 초 후에 일어날 일을 예견할 수 있었다.

'할아범, 미안하다!'

슈팡!

섬광은…….

날아간 뒤, 요우칸의 뺨을 스치며 날아가서 머나먼 후방,

미개척 산에 착탄했고.

빠, 꿈!!

그 산허리를 통째로 날려버리는 거대한 녹식의 작렬을 일으켰다. 돋아난 녹식이 하늘을 빛내는 모습은 마치 화산이 분화한 듯한 착각을 일으킬 정도였다.

요우칸은 잠시 멍하니 그걸 바라보면서 벗겨진 뺨의 털을 매만졌다.

'빗나갔다고……?'

그리고 비스코를 돌아봤다.

한편, 그 비스코는.

"커……헉……?!"

자신의 내부에서 솟구치는 고통인지 고양인지 정체를 알 수 없는 감각에 신음하면서 전신을 부들부들 떨었다.

빗나간 게 아니다.

활을 당긴 비스코의 손가락에서 「손톱이 갑자기 늘어나」 활시위를 끊어버린 것이다.

'모, 몸이……?!'

돌발성 『고양이병』이었다. 비스코는 있을 수 없는 현상 앞에서 「수염을 떨며」, 「고양이 귀를 쫑긋 세우고는」 굳어졌다.

'뭐, 뭐야 이게. 나는 대체 어떻게……!'

"요사하군. 인간이 반고양이로 변하다니……?"

걸어오는 요우칸의 기척에도 대응할 수 없었다. 비스코는 쭉쭉 예리하게 돋아나는 손톱을 빤히 바라보고는 믿을 수 없다는 듯 「고양이 눈」을 크게 떴다.

"이것도 뵤쇼텐의 가호인가. 악심이 없었다면 그대의 승리였을 것을."

"젠……장……!"

"잘 가라."

하얀 칼날이 달빛에 반짝였다. 요우칸은 잠시 망설이다가, 결의를 다지고 그걸 들어서—.

"요우칸 님—!! 그만둬 주십시오오—!!"

"음."

달려온 포목점 주인·센베이의 목소리에 손이 멈췄다.

"그분을 베시면 안 됩니다. 제발 그만둬 주십시오!"

"무슨 소리냐. 센베이. 이 녀석을 아느냐?"

"이분…… 아니, 이 인간분들은 뵤쇼텐 님의 사자입니다. 지금 성 아래에서는 이분의 동료분이 『녹병』을 차례차례 치료하고 계십니다."

"『녹병』을 치료하고 있다고?"

요우칸도 적잖이 놀란 모양이었다. 센베이의 모습은 단호했고, 오히려 흘러넘치는 행복을 어떻게 처리해야 할지 분간하지 못하는 모습이었다.

"아무튼 이리로 오시죠. 인간분도 요우칸 님을 뵙기를 바라고 있습니다."

"아마쿠사의 수하가 아닌가?"

"맹세코! 이 센베이, 묘품을 보는 눈만큼은 확실합니

다……. 아, 이 경우에는 인품이라고 하는 게 올바를까요."

"네가 농담을 되찾았다면 틀림없겠지. 좋아, 안내하도록."

"네. 이리로 오시죠!"

요우칸은 달려가는 센베이를 쫓아……가기 전에 일단 거친 숨을 몰아쉬는 비스코에게 다가갔다.

"용서해라. 오해였다. 그러나 사악한 자가 아니라면, 어째서 그렇다고 말하지 않았지?"

"시끄러워~, 베어라…… 안 그러면 쳐 죽이겠어……!"

"배짱 좋은 녀석. 마음에 들었다!"

요우칸은 반고양이가 된 비스코의 몸을 훌쩍 둘러메고는 재주 좋게 네 발로 센베이의 뒤를 쫓아 성 아래를 향해 달려갔다.

4

처음 뵙겠습니다.

나는「아마쿠사 겟페이」라고 합니다.

여기 계신 여러분은 잘 모르실지도 모르지만…….

이 묘마에서는 조~금 잘 알려진 고양이랍니다.

어머. 어째서냐고요……?

어떤 이유라고 생각하시나요?

역시 그건, 나의 파뷸러스한 미모 때문이 아닐까요.

하얗고 윤기가 자르르한 털, 이국적인 눈동자, 풍만한 가습……. 아니, 잠깐 이건 성희롱~! 사실이긴 해도 곤란하네요~! 곤란루이 비통이네요.

그런 점도 있지만, 아니랍니다.

정답은.

내가, 묘마국을 괴멸 직전까지 몰아넣은 희대의 기린아! 절세의 미(美)법술사이기 때문이랍니다.

데라코야[#5]에서도 이렇게 가르치지요.

『아마쿠사 겟페이는, 일찍이 마탕고 교단을 이끌고 야츠하시 쇼군가에 반기를 들어 묘마를 대혼란에 빠뜨린 사악한 여법술사. 그 후, 8대 쇼군 요우칸에게 흠씬 두들겨 맞고 쓰러져…….』

잠깐!

누가 흠씬 두들겨 맞고 당했다는 거야! 울커어어억!!

뭐어, 됐어요.

패한 건 사실이지만, 천운은 나에게 있었답니다. 이렇게 목숨은 건졌으니까요.

요우칸 녀석, 두고 보라죠. 언젠가 내가 그 검은 털을 벗겨서 카펫으로 삼아 매일 이 아름다운 다리로 밟아줄 테니까요!

오~호호호호호호!!

오호호호—.

치익!

"앗뜨거어어어!"

"우왓, 큰일! 죄, 죄송합니다. 아마쿠사 님!"

#5 데라코야 한국의 서당에 해당하는 초등 교육 기관.

"너 대체 무슨 짓이죠!! 털이 탈 뻔했잖아요! 똑바로 하세요!"

원래 목소리가 나와버렸잖아.

죄송합니다.

지금 말이죠. 펌을 하고 있거든요. 펌이라고 아시는지?

인간의 신기한 기술인데, 이렇게 털을 빙글빙~~글 말아서 꾸미는 거랍니다. 나는 원래 완전무결하고 아름다운 털을 가졌지만, 가끔은 기분을 바꿔서—.

치익!

"앗뜨거어어어!"

"우와아앗! 죄, 죄송합니다. 아마쿠사 님!"

"너 이 자식 일부러 이러는 거지!! 물어 ㅇ여버린다!! 이 계집아!!"

"그, 그래도 자, 이걸로 완성됐습니다! 거울을 봐주세요. 원래 아름다웠던 털이 한층 윤기가 나죠~?"

"어머…… 정말이네요. 나는 어쩜 이리도 아름다운지……. 인간 주제에 꽤 재주가 많네요. 좋아요. 나중에 포상을 내리겠어요."

"매번 감사합니다!"

응?

왜 그러시죠?

어머. 나보다도 이 계집이 신경 쓰인다는 건가요?

이 절세 미녀를 앞두고 무례하기는…….

이 녀석은 말이죠. 바로 어제 지상에서 내려온, 매끈매끈한 인간이랍니다. 확실히 드물기는 하네요. 인간이라니, 100년에 한 명 내려오면 많은 수준이니까요.

그래도 인간 주제에 고양이 귀가 나 있고, 손톱이나 꼬리가 있어서 이상한 느낌이네요.

물어 ○일 수도 있었지만, 이 녀석 묘하게 재주가 많아서 여러 재미난 도구를 쓰는 법을 알고 있거든요. 이 펌 기계도 그렇답니다.

재미있으니까 살려두고 있어요.

이름?

이 땅딸막한 녀석의 이름을 알고 싶다고요?

당신도 이상한 분이네요~. 좋아요. 물어보겠어요.

"그러고 보니 당신. 이름은 뭐라고 하죠?"

"또또~. 흥미도 없으시면서."

"아, 그래요? 포상이 필요 없나 보죠."

"티롤입니다. 오오챠가마 티롤."

티롤, 이라네요. 시시하기는. 아시나요? 이 녀석들 인간은 얼굴에도 몸에도 털이 없답니다. 매끈매끈한 게 참 기분 나쁘다니까요. 대머리에요 대머리!

뭐, 그래도 여기서 위압적으로 나서는 건 초짜. 나처럼 고귀한 레이디는 당근과 채찍을 잘 조절하는 법이랍니다.

지켜보시죠. 저의 묘언(猫言)을 한번 사용하면, 이렇게…….

냥 냐다 먀아레 스먀우
"nyan/nyad/myare/smyau."

짤랑짤랑짤랑! 허공에서 크고 작은 금화의 산이 나온답니다. 속임수나 허상이 아닌, 틀림없는 진짜라고요.

"우효오오아아아! 그, 금이다! 진짜다아아!!"

어머나, 상스럽기는…….

인간은 고양이 이상으로 금을 좋아한다고는 들었지만, 이 계집의 모습을 보니 정말인 것 같네요. 금의 바다에서 뒹굴다니, 정말이지 기품 없기는.

……자, 그럼.

예쁜 펌도 했고, 나는 일하러 돌아가야겠어요.

조금 더 이야기하고 싶지만, 지금부터는 업무 비밀.

나중에 또 만나요.

쪽!

* * *

"계집. 나는 일하러 내려가겠어요. 마사지를 준비해놓으세요."

"후오오오오~~!! 금화다~~!"

"이거야 원. 그 정도의 금이 뭐가 그리도 기쁜 건지."

아마쿠사는 어이없다는 제스처를 보이고는 호화로운 가운에서 손거울을 꺼내 들여다봤다.

"말할 것도 없지만, 묘한 짓을 하면 ○이겠어요."

손가락을 딱 튕기자 그곳에 금색의 연지가 순간적으로 나타나 손에 들어왔다. 아마쿠사는 콧노래를 부르며 그걸 입술에 바르고는 횃불에 비치는 동굴 계단을 또각또각 내려갔다.

"후오오오오~~!"

"후후오오~~!"

"오~~."

"……."

'갔나……?'

티롤은.

아마쿠사의 기척이 주변에서 사라진 걸 느끼고는 천천히 일어나 익숙하지 않은 고양이 귀를 쫑긋쫑긋 움직였다. 그리고는 금색의 고양이 눈으로 방심하지 않고 호화찬란한 아마쿠사의 방을 돌아봤다.

'……법술로 감시하고 있을 줄 알았는데, 그것도 없나 보네. 그 졸부 고양이 녀석. 나를 완전히 얕봤구나!'

티롤은 재빨리 행동을 개시……하려다가 일단은 들고 갈 수 있을 만큼의 금화를 마구 품에 집어넣고는 두루마리가 산더미처럼 쌓인 아마쿠사의 책상으로 향했다.

그곳에는 아무래도 아마쿠사가 만들어낸 수많은 법술이 두루마리 하나마다 엮여있었고, 사나운 성격의 뒤에 있는 꼼꼼함이 느껴졌다.

'만나보니 알 수 있었어. 고양이병의 흑막은 그 녀석이야! 분명 뭔가, 여기에 힌트가…….'

길게 뻗은 손톱에 주의하면서 반짝반짝 장식된 두루마리를 뒤졌다.

『마령(魔鈴)의 술』.

'……이게 아니야.'

『황금 발톱의 술』, 『키노코 조종술』.

'틀렸어. 이것도 아니야.'

『크고 작은 금화의 술』.

'이거다!! ……아, 아니, 아니지…….'

두루마리를 팔랑팔랑 넘기던 티롤은 문득 안쪽에 딱 하나, 굉장히 수수하고 촌스러운 두루마리가 숨어있는 걸 발견했다.

'…….'

티롤이 가진 상인의 감이 번뜩였다. 이건 내버려 둘 수 없어서 곧장 들고 팔랑팔랑 넘겼다.

『초력·초신시(超信矢)의 연구』.

'이거다!'

붓글씨는 이어졌다.

나, 아마쿠사 겟쾌이.

순화검·요우칸에게 패한 지 10년.

유해는 이 코반지 지하에 봉인되었고, 원한만으로 의식을 매어두고 있었으나.

하늘에서 한 줄기 황금의 화살이 나의 몸에 꽂혔고.

나의 육체는 기적적으로 재생되었다.

이 황금의 화살.

내 목소리에 응해 무한한 기적을 낳는다면.

이걸 사용하여.

숙적·야츠하시 요우칸을 시작으로.

모든 생명을 하나로 녹여 구제하리라.

이 화살, 스스로 나에게 말하기를.

이름은 초신시라 한다.

"초신시……."

티롤도 알 수 있었다.

즉, 이 책에서 말하는 건, 비스코가 날린 초신궁의 화살이 아마쿠사의 유해에 꽂혀서 그 야망이 다시 세상에 나타났다는 뜻이다.

'그리고 그 힘의 원천이 이 「화살」이라는 거지!'

티롤은 두루마리를 넣고 곧장 방을 찾아봤지만 바로 단념했다. 아마쿠사가 그런 귀중한 걸 자기 몸에서 떼어놓을 리가 없다.

'어떻게든 화장발 고양이한테서 화살을 빼앗아야 하는데. ……아아 정말, 왜 내가!'

"우왁—, 그만둬—!!"

"요우칸 님. 살려주세요—!!"

'앗!'

고민하는 티롤의 귀에 동굴 밑을 파낸 지하에서 사람의…… 아니, 고양이의 비명이 들려왔다. 아마쿠사 겟페이에게 잡혀서 뭔가 고문이라도 받고 있는 걸까?

'……법술의 기척이 느껴져.'

티롤은 바닥에 있는 금화 한 닢을 주워서 다시금 매만지며 확신했다.

'콘조신의 진언처럼, 녹으로 만든 가짜가 아니야. 진짜야. 아무리 생각해도 그 초신시의 힘을 쓰고 있어. 빈틈이 있다면, 일하고 있는 지금밖에 없어!'

티롤은 그 작은 몸 안에 어마어마한 배짱을 품고, 탄력 있는 반고양이의 몸을 구사하여…… 기척을 죽인 채 동굴 계단을 한 단씩 내려갔다.

딸랑, 딸랑.

커다란 우리 안에서 방울 소리가 들린다.

"우와아악—!!"

"그만둬. 방울 소리를 멈춰줘!"

딸랑, 딸랑.

"파, 파오…… 오보보……."

"요, 요헤이! 어떻게 된 거야. 정신 차려!"

"으으으. 오보, 보, 보……."

빠끔!

"파오~. 쿠구구궁!"

"이, 이럴 수가! 너, 키노코가! 우와아아, 내 몸도……."

빠끔!

"버섯. 쿠구구궁!"
"좁다."
"규규."
"소가 규규."
"뭐?"
"큰일."
"쿠구구궁!"

"오~호호호호호……."
납치해온 고양이들이 하얗고 매끄러운 키노코로 변모하는 모습을 본 아마쿠사가 우리 앞에서 우아하게 웃었다. 높이 든 한 손에는 황금색으로 빛나는 『마령』이 반짝반짝 떠서 딸랑, 딸랑, 순수한 소리를 내고 있다.
아무래도 저것이 듣는 고양이를 키노코로 바꾸는 마성의 소리인 모양이었다.
"옛날에는 하드 워크였던 키노코의 술도 굉장히 에너지를 절약할 수 있게 됐네요……. 어라?"
"으, 그그그극, 기긱……."
"어머나. 굉장히 잘 버티는 고양이가 있네요."
거의 모든 고양이가 키노코가 되어버린 우리 안에서, 철창에 기대며 버티고 있는 고양이 한 마리가 있었다.
입고 있는 옷을 보면 사무라이 같았다.
"그럭저럭 굿 루킹 가이네요. 키노코가 되기 전에 잠깐 놀아줄까요?"

"말도 안 된다. 소생의 마음은 쇼군가에 있다. 마탕고의 교리 따위에 심취하지도 않았건만……."

"생각이 낡았네요. 확실히 옛날에는 마음을 세뇌할 필요가 있었지만."

아마쿠사가 종과는 반대쪽 손을 슬쩍 들어 올리자…….

그곳에 금색으로 반짝이는『초신시』가 나타났다.

"지금은 이 화살의 힘만 있다면 세뇌는 필요 없답니다. 문답무용으로 키노코로 만들 수 있지요. 자, 당신도 프레셔스한 구제를 받아들이세요."

"무…… 무념……. 요우칸 님. 부디 이 악귀를 토벌해주십시오……."

"그 이름 꺼내지 말라고 속이 뒤집히잖아. 당장 가버려 인마!"

"끄, 끄오오오……!"

딸랑, 딸랑, 딸랑!

빠끔!!

"파오—!"

"자, 끝. 어머, 강해 보이는 키노코가 되었네요. 백인장으로 삼아주겠어요."

"예~스, 맴!"

"착하네요 착해. 오호호호호…… 싫다. 오늘은 풍작이어서 굉장히 땀이 차버렸네요."

팔락팔락 몸에 부채질을 한 아마쿠사는 그대로 어두운 지하 감옥을 나아갔다.

"파뷸러스 액션! 목욕탕 나와라~!"

그리고는 막다른 벽에 초신시를 들었다. 대체 무슨 기적인지, 그때까지 감옥의 막다른 길이었던 곳에 순식간에 황금색 욕실이 나타났고, 끓어오르는 탕에서 증기조차 나왔다.

터무니없는 기적의 낭비를 사뭇 당연한 듯이 저지른 것이다.

"너희들! 엿보면 ㅇ이겠어요!"

"안 엿본다."

"자의식 과잉."

"울컥~! 닥쳐요!"

우리 안의 키노코들과 그런 대화를 나눈 아마쿠사는 욕실 문을 닫았다.

'……지금이다!'

지하 감옥 통로에서 낌새를 엿보던 티롤은 키노코들의 눈이 닿지 않게 재빨리 통로를 내달려서 조용히 욕실 문을 열었다.

탈의실에는 아마쿠사가 벗은 호화로운 가운과…….

황금색으로 빛나는『초신시』가 놓여있었다.

욕실에서는 아마쿠사의 절묘하게 음치인 콧노래가 들려오는 것이, 오늘 일의 성과에 만족하고 있는 모양이었다.

'지금밖에 없어!'

티롤은 모든 집중력을 발휘해서 살금살금 초신시로 다가가 드디어 손을 뻗었다—.

그 손끝이, 닿은 순간.

좌아악!

"앗?!"

화살에서 갑자기 황금의 가시덩굴 같은 게 튀어나와 티롤의 팔에 휘감겼다!

"낚~았다."

휴웅, 바람을 가르며 날아간 초신시는 굉음을 내며 탈의실 문을 부수고 욕조에서 다리를 꼬고 앉은 아마쿠사의 앞까지 티롤의 몸을 옮겼다.

문에 얼굴을 강하게 얻어맞은 티롤의 얼굴에서 코피가 흘렀다…….

"죄, 죄송합니다. 아마쿠사 님. 반짝여서 그만, 버릇으로……."

"황금의 찬장도, 황금의 비눗갑도, 황금의 타월도 있었죠."

"저기……."

"어째서 화살이죠? 아무런 망설임도 없이."

"—."

"처음부터 화살을 노렸구나. 이 나를 호락호락 속일 수 있다고 생각한 거냐? 인마."

콱! 아마쿠사의 팔이 티롤의 목으로 뻗으며 암컷으로 보이지 않는 괴력으로 조였다. 아마쿠사는 그대로 탕에서 일어나서 사나운 육식 동물의 나체를 드러냈다.

티롤은 이를 악물고, 그럼에도 금색 고양이 눈을 부릅뜨면서 아마쿠사와 시선을 맞댔다.

"너 말고도 인간이 두 마리 더 떨어진 건 알고 있다. 나에게서 화살을 되찾으러 온 거겠지? 그 녀석들에 대해 모조리 말해줘야겠어."

"누, 가…… 그렇게 간단히……."

"너는 간단히 말할 거야."

아마쿠사의 한 손이 번쩍 빛나자.

딸랑, 딸랑.

딸랑, 딸랑…….

나타난 마령의 울림이 티롤의 뇌수를 뒤흔들었다.

"아, 가, 가각……!!"

"나는, 아마쿠사 겟페이."

'사……살려줘. 미로. 아카보시!'

"묘마에 떨어진, 구제의 기린아!"

방울 소리가 들리며, 오싹할 정도로 아름다운 하얀 고양이의 이빨이 번뜩였다!

"묘마국에 자유를. 고양이를. 그리고 인간을! 이 모두를 파라이소로 이끄는 자이니!"

5

갓에 햇살을 받으며 마블 문양으로 빛나는 몇 개의 녹식.

그걸 손으로 잘라서 몇 종류의 나무 열매와 함께 약연(藥碾)에 넣고…….

드득, 드득, 드득.

분쇄한다. 섬유질의 녹식은 약연의 바퀴에 잘게 잘게 갈렸고, 이윽고 반짝반짝 빛나는 태양색 가루가 되었다.

고양이가 마시기 쉽게 어분(魚粉)을 조금 섞어서 향이 감도는 그것을…….

"자, 완성됐어요! 카로(家老)[#6], 이걸 마시세요."

미로가 종이에 감싼 약을 로주·시바후네에게 내밀었다.

옛날 약사 도구도 어려움 없이 사용하는 매끄러운 수완. 반짝 빛나는 미모의 웃음과 시선까지 합쳐졌지만, 노친칠라는 그것에 「홱」 고개를 돌렸다.

"흥, 바보 같은 소리."

그리고는 병상에 누워 이불을 뒤집어쓰고는…….

"나는 영예로운 묘마의 사무라이다. 미천한 요괴가 만든 약을 마실 것 같으냐."

쌀쌀맞게 외쳤다.

"말을 좀 들어라. 할아범. 이 네코야나기 미로는 성 아랫마을 고양이들의 『녹』을 훌륭하게 제거해낸 신의(神醫). 짐이 이 눈으로 보았다. 틀림없노라."

"전하께서도 농담이 지나치십니다."

늙고 병든 고양이로 보이지 않는 목소리였다. 요우칸과 미로는 어이없다는 듯 얼굴을 마주했다.

"이런 정체 모를 인간을 성에 들이시다니요! 선대·라쿠간

#6 카로(家老) 에도 시대 다이묘의 중신을 칭하는 말.

님께서 보시면 얼마나 한탄하실지. 이 할아범, 저세상에서 뭐라 말씀드려야…… 콜록, 콜록!"

"고집불통이 도졌군. 좋다. 그렇다면."

요우칸은 한숨을 내쉬면서 결심하고는 그 커다란 양손으로 노친칠라의 입을 붙잡더니…….

"영차. 자, 단념해라."

억지로 콰아아악 크게 열어버렸다.

"으가가각! 어아, 어우아이야!"

"뭐라고? 안 들리는군."

"전하, 너무하십니다, 라고 말씀하시는 게 아닐까요."

"알고 있다. 번역하지 마라. 자, 네코야나기. 지금이다."

미로는 고개를 끄덕이고는 억지로 벌어진 입에 재주 좋게 녹식 약을 넣어줬다. 로주가 더 고집을 부렸다면 미로도 강제로 치료할 작정이었으니까, 쇼군의 보장을 받은 건 고마웠다.

"콜록, 콜록! 무, 무슨 짓을. 이 나에게!"

"약효는 바로 나올 거예요. 괜찮아요! 오후쯤에는 일어날 수 있을 거예요."

"뭐~가! 약효가 바로 나온다는 거냐. 이걸 봐라!"

친칠라는 병상에서 벌떡! 일어나서 하얀 기모노의 어깨를 걷어 녹에 덮인 어깻죽지 피부를 미로에게 보였다.

"털도 빠지고, 녹에 좀먹힌 무참한 몸. 일찍이 묘마에 그 사람이 있다고 알려진 이 시바후네의, 에에잇 웃어라. 이게 마지막…… 어라? 어라라라?"

보여줬던, 녹슨 피부가…….

태양의 포자가 움직이자 눈 깜빡할 사이에 치유되었다. 녹에 뒤덮인 피부에서 원래의 밤색 털이 돋아났고, 지금까지의 병이 거짓말인 것처럼 회복되었다.

"이, 이게 무슨……?!"

"역시 고양이 쪽이 재생력이 강하네. 이러면 오늘 안에는 완치되겠어요."

"음. 고맙다. 네코야나기."

요우칸은 자기 몸을 마구 더듬는 할아범을 바라보며 만족스레 끄덕였다.

"참으로 구국의 영웅이구나. 충분한 포상을 내리마……. 하지만, 그 전에 짐과 술자리를 나누자꾸나."

"의사니까요. 가능한 일을 했을 뿐이고……."

미로는 익숙한 대답을 한 뒤.

"아니, 에엑?!"

무심코 놀라서 되물었다.

"수, 술자리를 함께?! 안 되잖아요! 전하이신데 이런 정체 모를 인간과—."

"정체는 선(善)이라는 걸 알지 않았느냐. 여기서 너희를 대접하지 않는다면 묘마의 그릇도 뻔한 것이지. 자, 이리로 오너라……. 이크. 할아범은 그대로 있거라."

시끄러운 카로가 멍하니 있는 사이, 요우칸은 병실을 나와 연회장으로 성큼성큼 걸어갔다. 스쳐 지나가는 사무라이들이 머리를 낮게 숙이면서 뒤를 따라가는 자신을 빤히 응시하는 느낌을 받은 미로는 왠지 주눅이 들었다.

"저, 저기이…… 요우칸 님. 역시……."

"당당히 있거라. 그대는 묘마를 구한 영웅이다. 고양이고 인간이고 상관할 것 같으냐."

"……."

"아카보시도, 연회석에서 기다리고 있을 거다."

요우칸은 미로를 돌아보더니 송곳니를 반짝 빛내며 웃었다.

"왕성하게 먹을 그 나이에, 너무 오래 기다리게 하는 것도 딱하겠지. 자, 여기다—."

비어버린 접시가—.

세 개, 네 개, 다섯 개.

거기에 여섯 개째가 더해졌다.

"오, 오래 기다리셨습니다. 이쪽은 금대구 소금 가마구이입니다."

"이쪽은 마네키새우 회입니다. 먼저 머리를 잡고 향을 즐기신 뒤에—."

"오! 왔네!"

궁녀가 황급히 가져온 일곱 번째, 여덟 번째 접시를 가져와서 아름답게 담긴 음식을 단번에 먹어치우고는 설명도 전혀 듣지 않고 계속 입에 넣었다.

'으윽, 맛있어. 신선도가 이게 뭐야!!'

고양이 나라의 특색이라고 해야 할까. 나온 것들은 모두 생선 요리였다. 그리고 그 생선은 무척이나 신선하고 구이, 찜, 회 모두 극상이어서 혀 위에서 펄떡이며 비스코의 미각을 계속 놀라게 하고 있었다.

'그렇구나. 지상과 달리 녹의 오염이 없었으니까, 생선이 크게 진화하지 않은 거야. 그래서 지방에 비릿함이 없어……. 오오, 이 뼈가 녹아내리는 것 같은……'

막 돋아난 꼬리를 파닥거리면서 고양이 수염을 쫑긋쫑긋 흔드는 비스코에게…….

"저기, 뼈를 너무 물고 계시면 다치실 수도……."

"한 그릇 더!!"

궁녀는 탁! 하고 올라간 여덟 번째 접시를 「네에엣!」 하고 받았다. 요리가 너무나도 맛있었는지 비스코는 고양이 눈에 핏발을 세우고 있었고, 그게 마치 화가 난 것처럼 보인 것이리라. 고양이 궁녀들은 마치 100명의 손님을 상대하는 것처럼 허둥지둥 바빠 보였다.

'으~음. 밥은 맛있고, 어디를 보더라도.'

모르는 것들뿐이다.

병풍에는 용이나 호랑이를 짓누르는 고양이 영웅의 모습이 그려져 있고, 처마 끝에는 발톱을 가는 줄이 놓여있고, 팔걸이가 아닌 꼬리걸이가 방석 뒤에 설치되어 있다.

인국, 아니 일본 각지를 돌아온 비스코조차도 고양이를 위해 마련된 사무라이의 시대는 체험해본 적이 없다. 이 저택을 뛰쳐나가서 네 발로 달린다면, 넘쳐나는 미지의 모험이 몸을 가득 채우겠지.

'……. 한동안은, 위로 돌아가지 않아도…….'

반쯤 진심으로 그렇게 생각한 직후.

스으윽, 하고 맹장지가 열리더니.

"……아앗—!!"

"우오?"

찰싹!!

맹장지 너머에서 날아온 파트너의 손바닥이 고양이 귀 사이를 후려쳤고, 비스코의 안면은 눈앞의 접시에 부딪혔다.

"으후악?! 아프잖아—! 너, 뭐 하는 짓이야!"

"뭐 하는 짓이냐는 내가 할 말이야!! 전하가 함께 식사하자고 말씀해주셨는데, 이, 이런, 이런……."

자칭 상식인은 높이 쌓인 접시를 가리키며 부들부들 떨었다!

"혼자서 이렇게 먹는 건, 아~무리 생각해도 이상하잖아!"

"어째서야. 어쩔 수 없잖아. 배고팠는데!"

"버섯지기도 장로가 자리에 앉을 때까지는 기다리잖아?!"

"바보, 그건 이야기가 다르지. 일족의 연회라면 그렇지만, 지금 우리는 손님이니까……."

"손님에게는 손님의 태도라는 게 있잖아—!!"

"끄에에엑! 목 조르지 마! 그만둬어!"

왁자지껄, 그야말로 고양이 싸움처럼 엉키던 두 사람을 뒤에서 약간 멍하니 바라보면서…….

"……."

"……아앗! 요우칸 님, 용서해주세요! 지금 말로 타이르……."

"……와아—핫핫핫핫!!"

입을 크게 벌려 웃은 것은 고양이 쇼군, 순화검·요우칸이었다. 와하하하하, 하고 울리는 명랑한 웃음소리는 한동안 멈추지 않았고, 두 소년의 싸움도 뚝 멈춰서 서로 얼굴을 바라보게 되었다.

"하하하하. 이거, 미안미안. 괜찮다. 네코야나기."

"괜찮다잖아."

"너 말이야……!"

"이것 참, 아카보시의 먹성은 훌륭하구나. 접시에 남은 건 뼈와 껍데기뿐. 먹을 수 있는 부분이 조금도 남아있지 않아."

요우칸은 감탄한 듯 빈 접시들을 바라보고는 달려온 궁녀들을 안심시키고 「우리의 음식도 부탁하마」라고 말했다.

"고양이 사무라이들은 과도한 허세를 중요시하지. 연회 자리의 접시도 맛있는 부분만 먹고 남기는 게 통례다. 이렇게 생선에 경의를 표하는 식사, 짐도 오랫동안 보지 못했구나."

"요우칸 님. 너무 응석을 받아주시면 안 돼요!"

"마치 부부 같은 말이로구나. 어떠냐? 아카보시. 아직 먹을 수 있느냐?"

"당연하지. 왕성하게 먹을 나이라고!"

"그렇게 나와야지. 자, 다시 먹어볼까. 큰 접시를 계속 가져오너라!"

쇼군의 승인을 받은 궁녀들도 안심했는지 한층 빙글빙글 돌면서 좀처럼 없는 진수성찬을 내왔다.

조금 전에는 체면을 지키던 미로도.

"우, 우와!! 이 생선 굉장해, 비스코! 혀가 녹는 것 같아!"

"응. 이것도 맛있어. 튀김."

"무슨 튀김?"

"몰라. 쇼군님, 이건 뭐야?"

"방울복어 치어 튀김이구나. 짐이 좋아하는 것인데, 다들 기름이 많다고 해서……."

"맛있어—!!"

"와하하하하하!! 유쾌한 녀석들이로구나!!"

『망나니』라는 이명이 있다고는 해도…….

쇼군가의 룰에 얽매여서 엄격하게 자라온 야츠하시 요우칸에게는, 어쩌면 이게 처음으로 마음을 터놓은 연회 자리였을지도 모른다. 요우칸은 술을 마시면서, 나오는 요리 모두에 푹 빠진 두 소년의 모습을 어딘가 눈부신 듯 지켜봤다.

* * *

다음 날 아침.

묘마성에 키노코가 출현한 것으로 인해 주변에 간자의 존재를 느낀 야츠하시 요우칸. 믿을 수 있는 이들만을 모아서 조금 떨어진 소성(小城)으로 옮기기로 했다.

로주·시바후네를 선두로 보내고, 자신은…….

완전히 마음에 들어버린 두 인간을 데리고 3인 일행이 되었다.

“그 『티롤』이라는 인간 소녀는 밀정을 각지로 보내 행방을 찾고 있다.”

아침 해가 하얀 띠밭을 비췄다.

일대에 퍼진 띠의 이삭이 아침 이슬을 반짝반짝 빛내는 모습은, 황폐한 세계에 익숙한 인간들에게는 무척 환상적으로 비쳤다.

“걱정하는 건 알겠다만, 고양이 나라의 일은 우리 고양이에게 맡겨라. 잠시 참고…… 음?”

말 위의 요우칸이 검은 털을 바람에 휘날리며 돌아보자…….

그 인간들이 없었다.

멀리 시선을 보내자, 달리는 말의 안장에 달라붙어서 겨우 따라오고 있는 비스코와 미로의 모습이 눈에 들어왔다.

“이것 참.”

요우칸은 어이없어했다.

“그 정도의 무용을 자랑하던 대장부가. 한심하구나. 말 한 마리 제대로 다루지 못하는가?”

“시끄러워—! 멋대로 태웠잖아. 말 같은 건 경험이 없다고!”

“애초에 인국에서는 야생마가 멸종 위기종이라서요. 승마 노하우는 쇠퇴한 지 오래됐어요. 요우칸 님.”

“그거 힘들겠구나. 그럼 그대들은 평소에 무엇을 타느냐?”

“게야.”

"……미안하다. 지금 뭐라 했느냐??"

"게 아쿠타가와를 타고 있어! 말 같은 것보다는 훨씬 빠르고 강하다고."

"게를, 탄다……."

소년의 막힘없는 대답을 들은 요우칸은 곤혹스러워하며 수염을 쫑긋쫑긋 흔들었다.

"이거 놀랍군. 너도 농담을 하는구나."

"노, 농담?!"

"하지만 그 진지한 얼굴은 악수다. 진지하게 받아들일 수도 있으니……. 자, 이제 얼마 남지 않았다. 따라오너라."

"너 말이야—! 나를 뭐라고……. 이봐, 기다려, 요우칸!!"

분노하는 파트너와는 달리 미로는 꽤 빠르게 말에 익숙해져서 그런대로 괜찮은 승마 기술을 획득해나가고 있었다. 고삐를 능숙하게 잡으며 주변을 돌아봤다.

'……아름다운 자연이야. 정말로, 옛날이야기 속 같아…….'

묘마국에는 혈육을 찾아 덮쳐오는 사나운 진화생물도, 바람에 맞아 풍화한 불모지의 풍경도 존재하지 않는다.

노래를 부르며 경작에 애쓰는 백성 고양이들. 들에는 꽃이 피었고, 멀리 있는 취락에서 아이들의 웃음소리가 들리는 그 광경은 긴장과 땀으로 채색된 세기말의 대지와는 전혀 달랐다.

"묘마국의 고양이는 다들 행복해 보여……."

"안심하고 있어. 요우칸을 믿고 있다는 증거야."

"정말이네. 요우칸 님도 제대로 백성을 위해 애쓰고 계시는구나. 변덕스러운 모습은 겉치레 같아."

"바보 같은 소리 하지 마. 저 고양이, 변덕스러움의 화신이라고."

"에엑?!"

"저 녀석이 좋아서 하는 일에, 모두가 반해서 따라가고 있는 거야."

말과 격투하던 비스코가 덤이라는 듯 미로에게 답했다.

"요우칸은 그런 쇼군이야. 『힘내야 한다』, 『어떻게든 해야 한다』여서는 안 돼. 온 나라를 자신에게 반하게 만드는…… 요우칸에게는 그런 재능이 있어."

"……호호. 과아여언?"

"어차피 우리하고는 상관없는 이야기지만."

"어째서? 그런 논리로 말한다면, 비스코도 어엿한 족장이 될 수 있잖아!"

"족장! 핫. 육도옥에 들어가는 편이 낫겠어……. 야, 말! 말 좀 들어 짜샤!!"

철학의 옳고 그름은 그렇다 치더라도, 파트너다운 관찰안이었기에 미로는 그럭저럭 감탄하며 고개를 끄덕였다. 그리고 비스코가 말과 다투는 모습도 슬슬 지겨워졌기에…….

"근사한 나라네요! 요우칸 님."

"음."

말과 악전고투하는 비스코보다 앞서나가서 요우칸 옆에 말 머리를 나란히 세웠다.

“성을 자주 빠져나가시는 건, 이렇게 백성들의 생활을 지켜보기 위해서인가요?”

“너무 띄워주지는 마라. 성이 갑갑해서 싫었을 뿐이다.”

“사무라이는 땅에 발을 붙이고 걷지 않으니까 백성의 고난을 모른다. 이 평온한 평화는, 오로지 요우칸 쇼군의 올곧은 정의감에 의한 것……이라고 인국에도 전해지고 있어요.”

“정의감이라. 나와는 조금 거리가 먼 말이로군.”

요우칸은 눈을 살짝 가늘게 떴고, 검은 털이 바람에 휘날렸다.

“대(大)의 행복을 위해 소(小)를 희생하여 버리는 것이 쇼군이다. 정의라고 할 수 없는 소행이지. 나를 향한 원념의 목소리도, 묘마에서 귀를 기울이다 보면 얼마든지 들릴 것이다.”

“그래도. 대사선·아마쿠사 겟페이의 야망을 저지한 것은 틀림없는 위업이에요!”

아마쿠사 겟페이…….

그 이름을 듣자, 요우칸의 표정에 아주 약간 그림자가 드리워졌다.

“정의의 사무라이·요우칸의 순화검이 사악한 하얀 고양이·아마쿠사의 야망을 벤다! 이 장면은 우리 인간에게도 대인기라서, 그림책이 될 정도로…….”

“……내가 정의고, 겟페이가 악이라—.”

“요우칸 님?”

“그렇게, 전해지고 있는가.”

어딘가 우울함이 섞인 요우칸의 두 눈을 본 미로는 이어가려던 질문을 멈췄다. 의연한 검은 고양이의 시선 너머는 어딘가 먼 곳, 혹은 과거를 보고 있는 것처럼 보였다.

"나는 비정한 고양이로 새겨져야 한다. 아마쿠사 겟페이를. 재능 있는 고양이 하나를 제 손으로 없애고…… 나라를 위한, 평화를 위한 산 제물로 삼았으니까."

"……."

"때때로, 꿈을 꾼다."

이어지는 말은 작아서, 조용히 바람에 녹아들었다.

"……만약, 그때. 만약…… 나라를 버리고, 녀석의 손을 잡았다면—."

"……."

"뭔가 들었나? 네코야나기."

"아무것도요."

"음."

"기이이다려어어짜샤아아—!!!"

말을 모는 두 사람 뒤에서 귀신 같은 포효와 함께 크게 우는 말을 탄 비스코가 맹렬하게 쫓아왔다.

"비, 비스코!"

"뭐냐, 저건."

그건 도저히 승마술이라고 부를 수 있는 게 아니었다.

말의 머리에 달라붙어서 목을 붙잡고, 전신의 완력만으로 억지로 전방으로 달리고 있는, 터무니없는 주법이었다.

그러나 뭐, 빠르기는 했다.

"봤냐!! 말 정도는 나도 탈 수 있다고!!"

"……와앗하하하! 아무리 생각해도 엉터리 같은 녀석이로군."

"말에 타고 있다기보다는, 말이 비스코에게서 도망치고 있는 거 아니야?!"

"내일을 쫓아가고 있다고 말해!"

비스코는 숨을 헐떡이면서 요우칸을 향해 라이벌심이 담긴 시선을 드러냈다.

"이봐, 요우칸! 그 소성까지 먼저 도착한 녀석이 승리야. 소문 자자한 검은 고양이 쇼군님이 설마 승부를 거절하지는 않겠지!"

"잠깐!! 갑자기 그런, 너무 무례한—."

"후후. 좋다. 재미있겠군. 가자, 호쿠사이!"

"잠깐만요—! 쇼군!"

도발하는 비스코도 비스코지만, 그걸 받아들이는 요우칸의 결단도…… 본래의 성미가 검객인 요우칸은 약간의 계기만 있어도 망나니 기질이 고개를 내민다.

"받아들였겠다. 높으신 분인데도 꽤 배짱이 두둑해!"

"글쎄다? 질 수 없는 승부인데 배짱이 두둑하든 말든 상관없어 보인다만."

"본때를 보여주겠어 짜샤아!!"

두 사람은 흙먼지를 일으키며 소성을 향해 맹렬하게 달려갔다. 「콜록, 콜록!」 하고 기침한 미로는 반쯤 어이없어하며 그 뒷모습을 바라봤다.

'……요우칸 님은.'

'비스코의 말대로 유연해. 마음의 컨트롤이 확실한 거겠지. 자신이 안심하고 있으니까, 민중도 안심하고 따라가는 거야.'

'……'

'파우는……'

'시정도 애정도. 철곤처럼 올곧으니까……'

두 위정자를 비교하면서 슬쩍, 그런 생각을 했다.

그리고 점점 멀어져가는 두 사람의 모습을 보며 황급히 고삐를 다시 잡고 서둘러 뒤를 따라 가도를 달렸다.

참고로 이후, 승마술 승부의 승패는 미로가 누구에게 물어도 대답이 돌아오지 않았다. 그 시점에서 승패는 알 수 있었지만, 지금의 비스코에게는 고양이 같은 손톱이 돋아나 있기에 따귀를 맞으면 장난이 아니므로, 그것으로 놀리는 건 그만뒀다.

＊＊＊

"전하께서 추측하신 게 맞았습니다. 밀정의 말로는, 며칠 전에 처음으로 떨어진 황금의 벼락이 사선·아마쿠사를 봉인한 『코반지』에 떨어졌다고 합니다."

로주·친칠라 시바후네는.

이미 몸이 완쾌되어서 갈색 카미시모[#7]를 입고 조용히 전각 안에 앉아있었다.

"코반지를 뒤져봤습니다만, 불탄 곳에 『아마쿠사 겟페이』의 유골은 없었습니다. 얼마 전 키노코 소동과 합쳐본다면, 역시……."

"아마쿠사 겟페이가, 이 세상에 되살아났는가."

"예."

낮게 고개를 숙인 로주를 곁눈질한 요우칸은…….

정면에 앉은 (한쪽은 책상다리지만) 두 인간에게 말을 걸었다.

"이들에게 들은 『초신궁』이라는 초력의 이야기와 이번 사건, 일치하는군. 아마쿠사는 그 초신시의 힘으로 되살아난 게 분명하다."

"네. 요우칸 님. 그 아마쿠사라는 사람이……."

"고양이야."

"알고 있어! 고양이가, 지상과 묘마를 연결하는 묘문을 조종하고 있을 거예요. 그 고양이를 내버려 두면, 지상의 인간은 모두 반고양이가 되어버리겠죠……. 여기 있는 비스코처럼."

"음. 인국·묘마국 모두 녀석의 초력에 위협받고 있는 셈이군."

요우칸은 고개를 끄덕이며 일어났다

"얼마 전 키노코 사건, 외부에서 덮쳐온 것처럼 보이지 않았다. 아마 성 아랫마을 어딘가에 마탕고의 은신처가 있겠지. 혹은 지금도 마을 고양이를 덮쳐서 키노코로 바꾸고 있을지도 모른다."

#7 카미시모 일본 무사의 예복.

"그럼 밀정을 써서 성 아래의 조사를 맡기시지요."

"안 된다. 아마쿠사에게 너무 접근한다면, 어지간한 고양이는 반대로 이용당할 것이야."

요우칸은 명도·킨츠바의 대도, 소도를 차고 그대로 성큼성큼 걸어가더니.

"아카보시, 네코야나기. 뭘 하고 있나. 가자."

그렇게 말했다.

이것에는 로주·시바후네도 당황했다.

"쇼, 쇼군께서 직접 성 아래를 조사하시겠다는 겁니까. 그런 위험한 일은 안 됩니다!"

"아마쿠사가 부활했다면, 녀석에게 닿을 수 있는 건 짐의 순화검뿐. 보신을 위해 시시한 책략이나 쓴다면, 그것만으로도 고양이의 희생이 늘어나게 된다."

"그렇더라도! 호위를 붙이십시오. 굳이 그런 출신도 모르는 인간들을 쓰실 건……."

"그렇기 때문이다. 할아범."

돌아본 요우칸의 두 눈을 보자, 시바후네는 숨을 삼키며 굳어졌다.

"아마쿠사는, 이미 고양이의 방식을 알고 있다. 집념이 깊은 녀석이라면, 봉인되어 있던 사이에 어떤 책략을 세웠을지 알 수 없지. 하지만, 인간이 상대라면?"

"전하……!"

"우리가 성 아래를 뒤지는 사이, 다시 키노코들이 튀어나올

지 모른다. 사무라이들의 움직임은 할아범에게 맡길 테니, 아무쪼록 백성들이 다치지 않도록 하라."

예, 하고 고개를 숙인 시바후네를 슬쩍 바라보면서 혼자 하품하던 비스코는 손에 넣은 고양이의 몸으로 폴짝 뛰어서 요우칸을 따라갔다.

미로도 잠시 뒤 따라가려 했지만…….

"……네코야나기!"

노친칠라가 무릎을 꽉 붙잡자, 생각지도 못했는지 「히끅!」 하고 굳어져 버렸다.

"우왓. 왜 그러시나요?!"

"아무쪼록 전하를 부탁한다. 마음씨가 다정하셔서, 옛날부터 무모한 일만 하시던 분이다!!"

친칠라의 눈에 맺힌 눈물을 본 미로는 무심코 몸을 돌려 시선을 맞췄다.

"묘마의 명운을 한 몸에 떠안은 그 심적 고통, 가능하다면 대신해드리고 싶었던 것이 어언 30년. 하지만. 하지만 늙어버린 이 몸으로는~~!"

"카로, 진정하세요. 괜찮아요. 저 비스코, 인간계에서는 이름 알려진 영웅이니까요."

"으으으……."

"게다가……."

툇마루에서 나가는, 어딘가 분위기가 비슷한 두 명의 등을 바라본 미로는 미소 지었다.

"저도, 맹수 다루는 법에는 조금 자신이 있으니까요!"

＊＊＊

무대는 교외의 소성에서 묘마국으로 돌아와서…….

그, 성 아랫마을.

아직 이른 아침인 거리를 늠름하게 걷는 검은 사무라이의 모습이 있었다.

성큼성큼 걷는 그의 뒤를 두 개의 그림자가 사사삭 따라가며 길모퉁이를 찾아서 그곳에 숨는 움직임을 반복하고 있다.

검은 고양이 사무라이는 포목점 앞에 멈춰서—.

"여봐라, 포목점."

"……"

"여봐라, 이리 오너라."

"뭐야뭐야. 오늘은 쉰다고. 팻말이 안 보이는 거냐……."

"센베이. 하나 부탁을 들어주지 않겠느냐."

"이거 요우칸 님!"

하품과 함께 가게 포렴을 걷어내고 입구에 선 포목점 주인·센베이는 눈앞에 선 장신의 검은 고양이를 보자 무심코 목소리를 높였다.

"쉬잇!"

너무나 크게 당황했기에, 요우칸은 입에 손가락을 댔다.

"서둘러 고양이 사무라이 두 명의 옷을 한 벌 맞춰줬으면 좋겠다."

"두 분이라뇨…… 요우칸 님이 입으시는 게 아닙니까?"

"아카보시, 네코야나기. 어디에 있나?"

요우칸이 돌아보면서 말하자, 길모퉁이에서 스스슥……, 하고 두 명의 시노비가 나와서 요우칸의 뒤에 딱 붙었다.

"산."

"강."

"그대들, 조금 전부터 무슨 흉내냐?"

""닌자이오이다.""

"뭔가 오니와반을 오해하고 있구나."

"아하, 그렇군요. 인간분들에게 사무라이의 의복을 맞춰주시려는 겁니까."

포목점 주인·센베이는 무일푼에서 여기까지 올라온 실력 있는 상인 고양이였기에 눈썰미도 좋았다.

"음. 이 사냥꾼의 차림새로는 아무래도 눈에 띄니 말이지."

"맡겨주십시오. 자자! 두 분은 이리로……."

"산."

"강."

"나는 여기서 기다리마. 수수한 것이라도 괜찮다, 센베이!"

비스코와 미로가 사사삭, 하는 그림자의 움직임으로 포목점에 들어가자, 센베이가 「이봐~! 다들, 손님 왔다! 이리로 와!」라며 목소리를 높였다.

「네네~!」라는 대답과 함께 포목점 고양이들이 스스슥 맹장지 안쪽에서 나타났다.

"어라! 이건 점주님이 말했던 인간 손님이잖아."

"피부가 매끈해서 귀여워!"

저마다 입을 모아 떠들면서 두 사람의 뺨을 찔렀다.

"요우칸 님은 눈에 띄지 않아야 한다고 말씀하셨지만, 그래서는 이 센베이 포목점의 이름이 울겠죠. 특별하고 고급스러운 것을 드리겠습니다! 자자, 너희는 작업에 들어가거라."

""네네~.""

포목점 고양이들은 재주 좋게 두 소년을 빙글빙글 돌리면서 목, 가슴, 허리 치수를 쟀다.

"좀 더 편하게 있으렴."

"방울은 하얀 게 좋겠어."

"안 돼. 방울 색상은 기모노 후에 정하기로 되어있다고."

"어머나~, 가슴이 참 다부지네!"

"나도 남편은 인간으로 골라볼까."

"맞아. 고양이 같은 건 관두자 관둬. 점주님처럼 욕심만 많아서……."

"너희들, 다 들린다!"

""꺄아~!""

…….

그렇게 빙글빙글 움직이는 포목점 안에서, 혼자 맹장지 안에 틀어박힌 고양이 한 명이 있었다.

수상한 기척을 보이는 그 고양이는 잠시 탐색하듯이 주변을 돌아보고는…….

이윽고 가게 뒷문을 통해 몰래 네 발로 내달렸다.

"그럼 요우칸은 포목점에서 태평하게 기모노를 고르고 있었다는 거냐."

"예."

어딘가의 저택. 장지 너머의 목소리가 기모노를 입은 삼색 고양이에게 말했다

"하늘에서 떨어졌다는 소문이 도는 그 『인간』 두 명에게 기모노 한 벌을 맞춰주고 있었습니다. 또 쇼군의 도락인지……. 아무튼 우리의 『방울』 장치를 눈치챈 기색은 없었습니다."

"좋아좋아. 부교(奉行)[#8]님. 밀정의 보고는 이렇습니다."

"크후후."

토실토실하게 살진 부교 고양이가 행등의 불빛 아래에서 거만한 얼굴을 내비쳤다.

"순화검·요우칸이라고 거만해하고 있지만, 결국은 힘으로만 밀어붙이는 얼간이. 직접 성 아래로 내려왔다고 들어서 조금 초조했었다만."

곰방대를 들이쉬고는 연기를 뿜었다. 하얀 연기 너머에서 한껏 부풀어 오른 목이 고롱고롱 울었다.

"우리의 계획을 간파할 리가 없지. 안 그런가? 방울 가게 주인."

"히힛. 말씀하신 대로입니다."

#8 부교(奉行) 행정 사무를 담당하는 관직.

『방울 가게 주인』이라고 불린 삼색 고양이는 반대로 상당히 마른 고양이였다. 몸 여기저기에 크고 작은 방울을 달아서, 몸의 움직임에 맞춰서 딸랑딸랑 울렸다.

"방울은 고양이에게 없어서는 안 되는 것. 이 방울에 아마쿠사 님의 주력을 넣어서 팔게 되면, 성 아래의 고양이들은 저도 모르게 방울 소리를 듣고 키노코로 변해간다는 계획입니다."

"마을 놈들의 호소도 부교인 내가 묵살한다면, 그 증오스러운 요우칸의 귀에는 닿지 않겠지……."

"그렇지요."

"대단한 간계로구나. 방울 가게 주인, 그대도 참 사악하구먼."

"부교님만 하겠습니까."

크후후후후, 하고 조용히 울리는 악당들의 웃음! 방울 가게는 담합을 끝내고는 무거운 오동나무 상자를 부교 고양이 앞에 내밀었다.

"그럼 약속대로. 부교님이 좋아하시는 황금색 과자이옵니다."

"음, 음."

"묘마를 키노코의 나라로 만든 뒤에는 부디 아마쿠사 님에게 한 말씀 올려주시길……."

"알고 있다. 우선은 그 황금색을 보고 나서……."

부교 고양이의 두꺼운 손가락이 오동나무 상자에 닿았고, 그 안에 있는 금화의 광채가 방에 가득 차려는—.

바로 그때.

슈팡! 하고 장지를 뚫고 강철의 수리검이 꽂혀서 빠캉! 하고 오동나무 상자를 파괴하여 금화를 사방팔방에 흩뿌렸다.

"와악?!"

"무, 무슨 일이냐?!"

방울 가게 주인이 바로 장지를 열자.

안뜰에, 한 명의 수컷 고양이.

복면을 쓰고 있어서 얼굴은 알 수 없지만, 장신에 뒷머리가 바람에 나부꼈고, 밤에 녹아드는 검은 털이 달빛에 닿아 윤기 있게 빛나고 있었다.

"예상한 대로, 키노코 소란에 관여하고 있었나, 방울 가게 주인."

"뭣이이이……?"

"그리고 설마 부교도 그에 가담했을 줄이야. 성에 호소가 올라오지 않을 만하군."

"에에잇, 무례하기 그지없구나. 네놈, 여기 계신 분이 누구인 줄 아느냐!"

방울 가게 주인은 마음을 다잡고 크게 외치고는 성큼성큼 툇마루로 나온 부교를 가리켰다.

"천하의 부교 고양이, 치카야마 긴자에몬 님이시다!"

"내가 마음만 먹으면 네놈은 사형이다. 바보 같은 삼류 사무라이 같으니. 정의감이 화근이 되었구나."

검은 그림자가 슬쩍 흔들렸다.

"부교가 할 말로는 보이지 않는군. 천칭을 짓밟은 그 책임,

무겁다!"

복면 너머에서, 붉은 두 눈동자가 번쩍였다!

"우, 우왓!"

"그, 붉은 눈은……."

"악의 길로 빠졌구나, 긴자에몬. 짐의 얼굴을 잊었느냐!"

홱! 하고 복면을 벗자, 달빛 아래에서 빛나는 날카로운 검은 고양이의 얼굴. 그건 바로.

""쇼, 쇼군님!!""

8대 쇼군, 야츠하시 요우칸이었다.

부교와 방울 가게 주인은 저도 모르게 툇마루에 엎드려서 바로 폭포수 같은 땀을 흘리기 시작했다.

"포목점에 밀정을 잠복시켜 놨더군. 역으로 이용했다."

"마, 말도 안 됩니다. 전하, 이건 뭔가의 착오……."

"방울 가게 주인 및 긴자에몬. 사교·마탕고의 사상에 넘어가 자기 배를 채우고, 묘마의 백성을 키노코로 전락시킨 것, 참으로 용서할 수 없구나. 얌전히, 조용히 벌을 기다려라!"

"크, 크큭, 크기기기기……!!"

낮게 머리를 내린 긴자에몬이 분통함의 침을 뚝뚝 흘렸다.

"이, 이놈. 이놈. 전하라고 해봤자, 여기서 죽으면 그냥 들고양이일 뿐!"

그리고 허리의 도를 뽑아서 벌떡! 몸을 일으켰다!

"그 목, 아마쿠사 님에게 공물로 바쳐주겠다!"

"선하. 대항하도록 하겠습니다. 이놈들아, 나와라~!"

방울 가게 주인이 외치자, 저택 여기저기에서 빠굼, 빠꿈! 하고 키노코 병사가 뛰쳐나와 손에 든 불도끼창을 요우칸에게 내밀었다.

"상대는 검은 고양이 한 마리. 버섯 놈들아. 덮쳐라, 덮쳐!"

키노코들이 그 땅딸막하고 커다란 몸으로 도약해서 일제히 요우칸을 덮치려 한 그때.

촤악~! 하고 공중에서 태도가 번뜩이며 돌풍처럼 휘몰아쳐 모든 버섯을 날려버렸다. 키노코들은 정원이나 기와지붕에 부딪혀서 뭉게뭉게 연기를 피워 올리며 「오와~~앙!!」이라는 아픈지 아닌지 알 수 없는 비명을 질렀다.

"앗?! 웨, 웬 놈이냐!"

"요우칸 님에게 손대게 둘 수는 없다!"

두 귀에, 딸랑거리는 방울 귀걸이.

길게 뻗은 푸른 뒷머리를 하나로 묶고, 하늘색 기모노를 입은 『인간』 사무라이. 포니테일이 자랑스럽게 흔들렸다.

"하늘이 부른다. 땅이 부른다. 고양이가 부른다!"

그리고는 시노비에게는 있을 수 없는 화려한 몸짓으로 요우칸 앞에 타탓 내려섰다.

"뭐, 뭐뭐뭣!"

"인간 오니와반이라고!"

긴자에몬이 놀라는 반면.

"오니와반, 네코야나기 미로! 등! 장!!"

콰쾅!

파랑 사무라이가 한껏 허세를 부렸다.

“여봐라, 네코야나기. 오니와반은 등장! 이라고는 말하지 않는다.”

“요우칸 님. 봐주세요! 저, 정말로 사무라이가 된 것 같아요.”

“음, 저기.”

“비스코 녀석은 전혀 칭찬해주지 않는다니까요. 어때요. 어울리죠? 보세요, 머리도!”

“이런, 방울 가게 주인이 도망친다. 이 자리는 맡기마.”

“앗, 잠깐만요. 요우칸 님!”

달려가는 요우칸과 바꿔서 키노코 병사들이 하늘색 사무라이를 둘러쌌다.

“쿠구구궁!”

“인간이다.”

“판다 아닌가?”

“판다 인간이다.”

“흑백 가리자.”

“누구라도 좋으니까, 조금은 칭찬해줬으면 했는데. 재미없네!”

미로는 분개하면서 귀걸이를 흔들고는 타도(打刀)를 휘리릭 들었다.

“사무라이도 형태뿐이어서는 안 된다는 거? 그럼 행실도 공부해야겠네. 다들 어울려줄래?”

“우~음. 이 자식~!”

“얕보지 마라~!”

"이리 와. 아프게 하진 않을 테니까."

차례차례 덤벼드는 키노코 군세를 푸른 번개와 같은 칼놀림이 맞받아쳤다! 그걸 뒤돌아서 보던 요우칸은 살짝 웃고는 안쪽 방으로 도망친 방울 가게 주인 및 긴자에몬을 쫓아갔다.

"헥, 헥, 헥."

"부, 부교님. 서두르시길."

"시, 시끄럽다. 헥, 서, 서두르고 있다…… 우왁!"

부교·긴자에몬. 다다미 틈새에 발톱이 걸려 커다란 몸으로 맹장지에 돌진해 그대로 맹장지와 함께 앞으로 쓰러졌다.

"끄헥!"

"고양이란 이렇게도 타락하는 법인가."

방에 스르륵 내려선 검은 고양이의 그림자 앞에서, 부교의 헥헥거리는 거친 숨소리가 들렸다.

"긴자에몬. 예전에는 나와 같은 비검·순화검의 전승 후보자. 같은 도장에서 검을 휘두르던 사이였다. 검의 길에 진지했던 네가 어찌하여 사악한 마탕고로 타락하고 만 것이냐?"

"저…… 전하께서는……!"

헥, 헥. 거친 숨. 땀투성이 얼굴로 올려다본 곳에는.

검을 뽑아 들고, 어두운 방에서 붉은 눈을 빛내는 순화검·요우칸의 모습이 있었다.

"알 수 없으십니다!! 우리, 가지지 못한 자의 마음을……!"

"뭐라고?"

“그 시절. 신분에서 앞서는 전하에게, 적어도 검만이라도 이기고자 했지만, 그것도 이룰 수 없었지요. 대련에 대련을 거듭하며 도전한 저를 재능 넘치는 일섬(一閃)으로 꺾고, 다정하게 일으켜주시던 전하의 손이…… 얼마나! 얼마나 잔혹했는지……!”

“…….”

“부, 부교님……!”

긴자에몬은 쩔쩔매던 방울 가게 주인의 목에 걸린 큰 방울을 생각지도 못한 속도로 홱 빼앗았다.

“아앗!”

“버섯은! 고양이의 소원을 이루어주는 힘. 아마쿠사 님의 구제다! 너의 재능에 시달린 채로! 내가 끝날 것 같으냐아아아—!!”

긴자에몬은 핏발선 고양이 눈을 홱 뜨면서 일어나더니 빼앗은 방울을 한입에 삼켰다!!

“설마. 긴자에몬!”

“오오?! 끄극. 으그그고. 으그그그고오오?!”

“히에에. 히에에엑~!”

도망치는 방울 가게 주인을 쫓는 사람은 없었다.

딸랑, 딸랑. 몸 안에서 방울이 울렸다. 긴자에몬의 크고 토실토실한 몸이 한층 부풀어 오른 직후.

빠끔!!

『우우우오오오~~~!!』

지금까지 긴자에몬이었던 것이 몸길이 3미터는 되는 거대한 황금의 키노코로 변했다! 그 머리는 천장을 뚫을 정도. 양손에 버섯 자루를 가진 대도가 번뜩였다.

『솟구친다. 솟구친다, 힘이!』

자기 안에 솟구치는 검력의 흐름을 맛본 거대 버섯 오니가 몸을 떨었다.

『나야말로 검귀(劍鬼)이니. 요우칸, 지금의 나라면 너 따위는!』

"정신이 나갔느냐, 긴자에몬! 그건 무(武)가 아니다, 외법의 힘이다!"

『긴자에몬……? 글쎄. 들은 적이 있는 이름이네…….』

'이게 무슨. 네 이놈. 겟페이!'

『찌부러져라—!!』

이미 긴자에몬이었다는 사실조차 잃어버린 거대 버섯 오니가 대도를 크게 휘둘러 그대로 요우칸에게 후려쳤다!

투쾅!!

부서지는 다다미, 나무 기둥! 요우칸이 공중에 떠오르자, 거대 오니는.

『순화검…….』

'아차!'

『코이노보리—!!』

역수로 든 다른 검으로 횡 베기 일섬을 펼쳤다. 까킹!! 하고 받아낸 명도·킨츠바가 크게 치솟았고, 요우칸의 몸이 바닥에 떨어졌다.

콰차아앙. 굉음을 내며 부서지는 장식 갑옷!

『내에가최강이다아!』

'죽일 수밖에 없나!'

거대 오니는 틀림없는 강적이었다. 본래 가진 키노코의 강인한 몸이 비검·순화검까지 쓰고 있으니, 요우칸도 힘을 조절해서 목숨을 남겨둘 수가 없다.

『죽어라아아—!!』

옛 친구가 다시 휘두르는 대도를 바라보며.

'용서해라. 긴자에몬……!'

요우칸은 필살의 순화검을 날리려 했다.

그 직전!

"으으랴아압—!!"

투쾅!!

지붕을 부수고 유성처럼 떨어진 한 사무라이가 그 각반으로 터무니없는 위력의 발차기를 거대 오니의 배에 처박았다.

"앗?!"

『부오오오오~~~?!』

"머리가 높아서 건방져, 짜샤!"

투캉, 투캉, 두킹!

맹장지를 수없이 깨부수며 날아가는 거대 오니. 고양이 귀를 파닥파닥 흔들면서 그걸 바라보는, 연지색 기모노를 풀어서 입은 반고양이 사무라이는 이빨을 드러내며 쇼군에게 웃었다.

"죽일 생각이었지? 쇼군님이 온화하지 않잖아. 요우칸!"

"그 얼굴. 뭔가 방도가 있느냐. 아카보시!"

"고양이라면 몰라도 버섯 상대잖아. 나를 누구라고 생각하는 거야!"

타앗! 비스코는 다다미를 손톱으로 긁으며 질풍처럼 도약해서 자세를 다잡은 거대 오니를 향해 화살촉 수리검을 세 개 던졌다.

그러나 오니는 투투투! 하고 몸에 박힌 화살촉을 아랑곳하지 않았다.

『가렵다아—! 이런 장난감으로 나를 쓰러뜨릴 수 있겠느냐!』

"염라버섯의 균종이네. 힘이 무식하다 했어."

『균종……? 바보 놈. 인간 따위가 나를 파악하는 건 불가능!』

"말은 그렇게 하지만. 염라버섯은 염라버섯……."

『지옥에 떨어져라! 순화거어어어엄!』

거대 오니가 쌍도를 확 들었다.

『불가사리춤—!!』

"앗?! 우왓!"

거대 오니는 그 거구를 고속으로 빙글빙글 회전시키며 두 자루 대도를 마치 풍차처럼 돌렸다. 염라버섯의 균력이 생성하는 압도적인 파워 앞에서 저택의 맹장지는 찢어지고, 벽은 뜯기고…… 주변의 모든 것이 종잇장처럼 분쇄되었다.

『바하하하하하! 회오리 같은 이 검력, 다가올 수조차 없겠지. 떨면서 기다려라. 지금 당장 짓눌러줄 테니!』

"야, 바보. 그만둬!! 너무 돌다가는 도는 게 빨라진다고!"

『이 회전 속도가 두려워졌나. 아직 이 정도가 아니다. 저승길 선물로 이 불가사리춤의 진수, 보여주마!』

“아니, 아니라고. 그게 아니라.”

『불가사리춤 · 성운(네불러)—!!』

거대 오니의 회전이 한층 빨라져서 이미 날붙이를 든 황금의 팽이가 되어 비스코와 요우칸을 덮쳤다! 이제 안 되겠다 싶어서 요우칸이 칼자루를 잡았다.

바로 그때.

『뒈져라—! 바하하하하하…….』

뿡.

『……하?』

뿡, 뿡.

『밧. 밧 ……어라, 회전이. 어라, 어라라라…….』

“음?! 이건……?”

기묘한 파열음과 노골적으로 균형이 무너진 회전을 본 요우칸이 눈을 크게 떴다.

『뭐냐아~~!』라며 아우성치는 거대 오니의 몸을 잘 보니…….

“이건. 새로운 버섯이 기생한 건가.”

조금 전 비스코가 던진 화살촉 수리검에서 뭔가 보라색 잎새버섯 같은 것이 돋아나 황금색 버섯 피부를 침식하고 있었다. 그 크기는 작았지만, 효과는 보는 대로 발군이라는 게 엿보였다.

“사람도 고양이도 버섯도, 왜 내 이야기를 안 듣는 거야?”

비스코가 분연히 말했다.

"돌수록 독이 빨리 돈다고 가르쳐줬는데, 멍청하게 빙글빙글……."

『이노오옴—! 수리검에 독을~~~!』

처음 몇 초. 개막 수리검에서…….

허망하게도 이미 승부는 끝나버린 것이다.

"너 같은 염라버섯은 생명력이 강하니까 『주란(酒亂)버섯』이 잘 자라거든. 안심해. 숙취가 사흘 이어질 뿐이고 생명에 지장은 없어."

『무사도의~~, 이름을 내걸 수도, 없는 비열한 놈~~!』

"무사가 아니거든. 나는 버섯지기야!"

이형을 상대로 이런 말투, 소년임에도 이런 대단한 배짱을 보이니, 걸물에 익숙한 요우칸조차도 그저 놀랄 뿐이었다.

한편 거대 오니·긴자에몬은 꼬마의 목숨만은 가져가고자 눈을 부릅뜨면서.

『케에에에에엑—!』

팽이 회전이 끝나자마자 비스코를 향해 집념의 칼날을 내리쳤다.

가로로 휘두른 대도, 비스코는 반고양이의 몸으로 훌쩍 피하고는, 놀랍게도 꼬리를 휘날려서 대도를 빼앗았다.

『마. 마알도 안 돼애.』

"세기말 살법!"

쿠, 쾅!!

"통 뱀 검 이 다—!"

비스코가 휘두른 꼬리 검격은 다다미를 걷어 올리듯이 거대 오니의 갓 아래를 포착했고, 그야말로 통뱀이 하늘로 오르듯이 대도의 칼등을 써서(칼등으로 친다고 다 좋은 건 아니다) 규격 외의 파괴력으로 올려 쳤다. 상응하는 중량을 가진 거대 오니의 몸이 지붕을 뚫고 축구공처럼 공중에 치솟았고—.

『오 와 와 ~ ~ ~ ~ 앙 .』

키노코 특유의 얼빠진 절규를 내지르며 달을 배경 삼아 멀리 날아갔다.

요우칸.

호방하고 거친 그 전투에 무심코 신음했다.

'참으로 엉터리 같은 검법. 아니, 이건 이미 야생이라고 해야 할까.'

"또 재미없는 걸 베고 말았네."

"또, 라니. 도를 다루는 건 처음이지 않나."

"괜찮다고. 찬물 끼얹지 마!"

대도를 다다미에 꽂아서 자루 위에 네 발로 올라탄 비스코는 꼬리를 휙휙 흔들면서 요우칸을 돌아봤다.

"자, 학우는 죽이지 않고 끝냈어. 다음은 어쩌지?"

"음."

비스코와 눈을 마주한 요우칸의 표정에 웃음이 돌아왔다.

"무고한 키노코들을 고양이로 되돌려줘야겠지. 원흉인『마령』의 위치는 방울 가게 주인이 알고 있을 거다. 서둘러 쫓아서—"

“요우칸 님~!”

미로의 청량한 목소리.

푸른 머리를 바람에 휘날리면서, 거대 오니의 폭주로 너덜너덜하게 뚫린 지붕 안으로 뭔가를 한 손에 들고 질질 끌며 들어왔다.

“이상한 애를 붙잡았어요! 틀림없이 수상…… 우와아. 또 화려하게 부숴버렸네.”

“그 정도의 적에게 상처 하나 없나. 아카보시. 파트너도 호각의 실력자인 모양이구나.”

“바보 같은 소리 하지 마. 내가 좀 더 강해.”

“잠깐, 비스코! 또 멋대로 저질렀지? 아~아. 이런 아름다운 방이……. 인국이라면 특급 문화유산이야!”

“일단 전부 내 탓으로 떠넘기지 마. 바보야! 그런데, 붙잡은 그건 뭐야?”

“이 아이 말이야?”

“노, 놓아주시오~~!”

방울 가게 주인이었다.

목덜미의 모피를 미로에게 붙잡혀 양손, 양발을 퍼덕이며 온몸에 달린 방울을 딸랑딸랑 흔들고 있다. 미로도 의사이기에 고양이 다루는 법은 익숙해서, 방울 가게 주인이 아무리 날뛰어도 뿌리칠 수가 없었다.

“저, 저는 말단인지라. 나쁜 건 부교랍니다. 아무것도 몰라요.”

“말은 잘하는군. 그대의 방울로 긴자에몬이 키노코가 되었다.”

요우칸은 조용히 나와 방울 가게 주인 앞에 몸을 수그렸다.

"아마쿠사가 쓰는 『마령』의 주력은 근원인 『대마령』을 파괴하면 무효화된다. 방울 가게 주인, 너는 대마령의 위치를 알고 있겠지?"

"모. 몰라요. 모릅니다. 요, 용서를."

"짐이 8대 쇼군이라는 걸 알고도 입을 닫겠다는 것이냐?"

"히, 히이이익. 안 돼. 말하면 죽을 거야. 파라이소에 가기는커녕, 아마쿠사 님에게 저주받아 죽을 거야. 싫어. 제발, 제발……."

방울 가게 주인의 공포는 상당해서, 몸이 떨려 방울 소리가 멎을 기색이 없었다. 원래부터 소인배인 인물인데 순화검·요우칸과 사법사 아마쿠사 사이에 끼이기까지 했으니 이것도 무리는 아니었다.

요우칸은 「흠」 하고 턱에 손을 댔다.

"너무 겁을 먹었군. 일단 성으로 데리고 돌아갈까?"

"요우칸 님. 괜찮아요. 저한테 맡겨주세요."

미로가 속삭이듯 귓속말하자, 요우칸이 살짝 고개를 들고는 끄덕였다. 미로는 쇼군의 허가를 받아서 천천히 방울 가게 주인을 뒤에서 안아줬다.

"무서웠지? 이제 괜찮아."

"히, 힉……? 아, 으으……."

"릴랙스해. 그래…… 천천히 심호흡……."

미로의 손이 방울 가게 주인의 털을 쓰다듬으며 목을 슬쩍슬쩍 간지럽히자, 방울 가게 주인은 「고롱고롱고롱」 하고 눈을 가늘게 뜨고는 기분 좋은 듯 근육을 풀었다.
"이, 이 얼마나, 기분 좋은 안마~~."
몽롱하게 녹은 방울 가게 주인의 목덜미에…….
"미안해."
푹.
"으."
주사기 바늘이 꽂히면서 포자가 녹은 약액이 재빨리 주입되었다. 그 수완은 고작 3초도 걸리지 않았고, 방울 가게 주인은 자신에게 무슨 일이 일어났는지도 알 수 없었다.
방울 가게 주인은 그대로 조종당하는 것처럼 휘청휘청 일어났다.
"음. 저건 어디로 가는 거냐?"
"요우칸 님. 괜찮아요. 뒤를 쫓죠."
"또 요사한 술법을 썼구나."
"자백버섯 앰플이야."
비스코가 씁쓸한 표정으로 미로의 행위를 보충했다.
"이 녀석의 약은 포자 농도를 올렸으니까, 뭔가 들으면 몸이 멋대로 움직이게 돼. 악랄한 걸 만들기는, 그게 의사가 할 일이야?"
"고양이 돕기의 도움이 되잖아. 불만 있어?!"
"시끄러워, 돌팔이 판다!"
"만가닥버섯 같은 녀석."
"뭐~~?! 험담인지는 잘 모르겠지만, 아무튼 용서할 수 없겠는데?!"

"그만두지 못하겠느냐, 바보 녀석. 봐라, 방울 가게 주인이……."

두 소년이 장난치는 사이, 방울 가게 주인이 휘청휘청 걸어서 안쪽 커다란 다다미방의 맹장지를 열고는.

"냐고오오~~!"

신음하면서 다다미를 드득드득 긁었다.

방울 가게 주인은 반쯤 광란 상태에 빠져서 다다미를 긁다가, 이윽고 자백버섯의 마취 작용 덕분에 흰자위를 드러내며 풀썩 졸도하고 말았다.

"저 녀석, 뭐 하는 거지? 이봐, 미로! 실패잖아."

"……기다려라. 그래, 다다미 뒤구나."

요우칸은 알아챘다는 듯이 끄덕이고는 멍하니 지켜보는 소년들에게 방울 가게 주인을 넘겼다.

"녀석을 깨워다오."

"요우칸 님. 거기에 뭐가—."

미로의 질문이 끝날 새도 없이.

타탓. 고양이의 몸이 도약하며 화차처럼 공중제비 7회전, 그 착시와 농시에 펼쳐진 뒤꿈치 찍기가 다다미방의 다다미를 강하게 타격했다!

투쾅!!

"순화검. 『토사 파도 뒤집기』!"

""우와앗!""

풍압으로 두 사람의 머리가 나부꼈다. 그냥 다다미 뒤집기 기술이었다면 버섯지기가 놀랄 일은 없었지만, 이건 격이 달랐다.

큰 다다미방에 있던 무수한 다다미, 그게 요우칸의 뒤꿈치 일격으로 단번에 전부 뒤집히면서 해일에 휩쓸린 생선처럼 공중을 날았다.

'이건 대체 무슨 기술이야?!'

괴력으로 지면을 파괴한다면 모를까, 단숨에 다다미만 벗겨내는 짓은 비스코도 불가능하다. 『순화검』이라는 검술의 신비성을 목격한 두 소년에게…….

"음! 역시나. 봐라. 『대마령』이다!!"

요우칸은 호흡 하나 흐트러지지 않고 벗겨진 바닥 아래를 내려다보며 목소리를 높였다.

큰 다다미방 바닥 밑, 동굴처럼 파인 그곳에는…….

"이, 이게……."

"『대마령』?!"

황금으로 빛나는 거대한 방울 같은 것이 눈부신 빛을 발하며 묻혀있었다.

방울에는 생물적인 혈관 같은 것이 무수하게 보였고, 마치 심장처럼 『두근, 두근』 크게 맥동했다.

"이 고동에 맞춰서 우리에게 들리지 않는 음파가 온 묘마국에 울리고 있는 거다. 목에 마령을 걸면 이것과 공명해서……."

"키노코가 되어버린다, 그런 거네요."

"당장 부숴버리자. 그러면 다들 고양이로 돌아가겠지?"

"잠깐. 잘못 부수면 자신을 작렬시켜 저택을 통째로 날려버릴 수도 있다. 이 대마령에 섣불리 고통을 주는 건 안 되는 일이다."

요우칸은 그렇게 말하면서 고동치는 대마령 앞으로 슬쩍 나오고는…….

명도·킨츠바의 자루에 손을 댔다.

"요우칸 님! 혼자서는……."

"관둬, 미로!"

"그래도!"

"분위기가 달라졌어. 요우칸 녀석, 할 생각이야."

쇼군·요우칸에서 순화검·요우칸으로 변한 것을 피부로 느낀 비스코는 오랫동안 보지 못했던 흥미진진한 눈초리로 검은 고양이를 바라보면서 고양이 눈을 반짝반짝 빛냈다.

"순화검, 오의……!"

요우칸이 두 눈을 부릅뜨면서 깊게 심호흡하자, 밤인데도 붉게 타오르는 순화 입자가 하늘하늘 춤추면서 불꽃놀이처럼 요우칸의 주변에 떠올랐다. 소용돌이치는 바람이 요우칸의 털을 흔들었고, 윤기 나는 검은색이 밤을 빛냈다.

탄력 있는 근육에 꽉 힘을 주고, 지금 바로 순화검의 오의가—.

"……. 흠."

""……으엥?!""

펼쳐지지는 않았다.

요우칸은 칼자루에서 손을 떼고 뚜벅뚜벅 미로에게 걸어왔다.

"방울 가게 주인이 일어날 기색은 없나. 어쩔 수 없군. 두고 가자."

"잠깐잠깐잠깐! 기대하게 만들었으면서…… 저 커다란 걸 베는 거 아니었냐고?!"

"베었다만?"

"무슨—."

스팡!!

그 직후였다. 비스코의 목소리에 겹쳐서 뒤쪽 대마령이 × 자로 크게 잘렸고,

『오 갸 아 아 아 악 !』

온몸의 털이 곤두서는 비명과 함께 황금의 피를 뿜어낸 것이다. 그 엄청난 양, 근처에 있던 비스코는 저도 모르게 뒤집어써서 전신이 금색 일색으로 변했을 정도였다.

"뭐, 뭐야?!"

"이것으로 성 아래의 키노코는 곧 고양이로 돌아갈 거다. 그리고, 저 동굴."

자폭조차 허락하지 않고 사금으로 분해된 대마령. 그 너머에는 요우칸의 말대로 지하로 이어지는 동굴의 계단이 모습을 드러냈다.

"아마쿠사의 은신처로 이어져 있는 게 분명하겠지. 그대들이 다친 데가 있다면 일단 성으로 돌아갈까 했다만……."

"저도 비스코도 건강해요. 요우칸 님!"

"좋아. 이 호기를 놓칠 수는 없다. 따라오너라. 아카보시, 네코야나기!"

요우칸은 사금의 강이 사르르 흐르는 계단을 내려갔다. 검은 고양이의 그림자를 황급히 뒤쫓은 비스코가 그 뒤에서 불렀다.

"이봐! 아까 그 순화검은 뭐야? 무슨 기술이야? 그냥 굉장한 속도로 벤 거야?"

"그렇게 생각한다면, 그런 걸로 해둬라."

"아니! 그럴 리가 없어. 나와 미로의 눈을 벗어날 수 있을 리 없다고!"

비스코가 물고 늘어졌다.

"너, 뽑지도 않았잖아. 그런데 어째서 저렇게 벤 자국이 생기지?!"

"순화검의 진수에, 검은 필요 없다."

검은 고양이는 돌아보지 않고 입을 열었다. 비스코의 수완을 생각하면 숨길 수 없다고 판단한 것이리라.

"순화를 통해, 대마령의 마음과 접촉했지. 나는 아무것도 하지 않았다. 그것이 그저, 『베였다』라고 생각한 거다."

"뭐라고……!!"

"언젠가 사태가 끝나면 가르쳐주마……. 아니, 그대, 이미 이해했군."

요우칸은 유쾌해 보였다.

"예전에는 그대와 같은 고양이 친구를 갖고 싶었지."

"기다려! 아직 이야기를……."

"아마쿠사가 잠복해 있다. 앞으로 긴장을 풀지 마라."

동굴은 직선이었고, 좌우에는 횃불이 비추고 있었다. 비스코는 이야기가 끊어지자 「젠장」이라고 이를 갈고는 파트너와 함께 요우칸의 뒤를 따라갔다.

6

"두 사람, 잠시 기다려라!"

질풍처럼 달려가던 터널 너머에서 미로가 흙먼지와 함께 브레이크를 밟았다.

"요우칸 님. 길이……."

"두 갈래로 나뉘어 있군. 우물쭈물하다가는 아마쿠사의 탈출을 허락할 거다."

요우칸은 흐으음, 하고 턱에 손을 대고는 횃불의 불빛이 비치는 두 갈래 길을 교대로 바라봤다.

"두 패로 나뉘어야겠다. 아카보시. 괜찮겠느냐?"

"알았어. 미로, 와!"

"응!"

"아마쿠사의 초력은 장식이 아니다. 부디 방심하지 마라!"

비스코·미로의 오니와반은 왼쪽, 요우칸은 오른쪽 길로 가서 속도를 줄이지 않고 내달렸다. 몇 분도 걸리지 않아 비스코가 고른 왼쪽 길의 내벽이 서서히 흙색에서 황금색으로 변했고, 횃불의 불빛을 반사하며 눈부시게 반짝이고 있었다.

"이쪽이 정답인 것 같아. 역시 비스코, 짐승의 감!"

"반고양이니까. 30퍼센트 늘었지."

"그나저나 취미가 고약하네. 금 일색이라니……. 뭐랄까, 정서가."

눈앞을 뒤덮은 금색을 본 미로가 표정을 찌푸린 순간.

두두두두두!

""앗!!""

두 사람이 밟은 금색 돌다다미, 말하자면 금다다미가 터널 전방에서부터 무너졌다.

"비스코, 낙반이야!"

"틀렸어. 뒤에도 무너지고 있어."

좁은 동굴 안, 뛰어서 피하려고 해도 전혀 피할 곳이 없다. 등을 맞댄 두 소년은 의외로 침착하게 서로의 화살통에서 만가닥버섯 화살을 꺼냈다.

"아마쿠사의 함정이네. 잘 걸려든 걸까?"

"계획대로인 건 피차일반이야. 이쪽은 호랑이 구멍에 뛰어들겠어."

"고양잇과니까?"

"아래에서 만나자. 착지 실수하지 말라고!"

두두두두, 하고 금다다미가 더욱 크게 무너지면서 그대로 두 사람을 지하의 암흑 속으로 삼켰다. 그러나 녹색과 푸른색의 네 눈동자는 조금도 두려움을 보이지 않고, 덮쳐오는 위협에 덤벼들고자 어둠 속에서 깜빡였다.

빠움!

만가닥버섯이 발아해서 착지의 기세를 줄였다.

비스코는 어둠 속에서 데굴데굴 구르다가 지면에 튀어나온 기둥 같은 것에 부딪혀 겨우 기세를 줄였다.

"크, 아야야……."

평소에 입는 버섯지기의 사냥꾼 복장이라면 충격을 줄이고 착지하기도 쉽지만, 아무래도 지금은 외투가 없는 게 아팠다. 기본적으로 버섯지기의 공중 제어는 외투로 하는 것이라, 얄팍한 기모노 한 장으로는 바람을 받아내지 못한다.

'……미로!'

파트너가 머리를 스쳤지만, 여기는 이미 적의 배 속이라는 걸 깨달은 비스코는 굳이 목소리를 높이지 않았다.

'미로의 실력이라면 만가닥버섯 착지를 실수할 일은, 만에 하나라도.'

없다…….

그건, 그렇지만.

어둠 속, 이질적인 분위기다. 어딘가 넓은 공간에 있는 걸까? 살기를 포착하기 위해 신경을 곤두세웠지만, 주변에서 나오는 건 뭐랄까…… 신기해하는, 혹은 호기심 어린 시선이었다.

'무슨 속셈이지? 덤비려면 언제든 덤비라고!'

"우후후……."

"웃!"

파앗! 바람을 가르며 몸을 돌린 비스코의 앞에서는.

"역시, 오라버님은 그렇게 나오셔야죠."

천천히, 마치 그곳에만 불빛이 비친 것처럼 서 있는 소녀의 그림자가 있었다.

그 벌어진 의안과 서로 시선을 맞추자…….

"암리……?!"

"저릿해지는 짐승의 기. 어제까지의 나태한 평온이 거짓말 같아요."

비스코가 무심코 목소리를 높이자, 『암리』가 방긋 웃었다.

"사지에서 생을 갈구하며 빛나는 그 눈동자를, 뜨겁게 애태웠었죠. 저희가…… 아뇨. 당신 자신이. 부디 비스코 님. 저희를 데려가 주세요……."

슈팡!

비스코가 날린 돌려차기가 『암리』의 목덜미를 후려쳐서 그것을 황금의 가루로 바꿨다. 가루는 흩어지면서 「우후후」 하고 웃고는, 이번에는 『챠이카』의 모습으로 변했다.

"우, 야아! 가차 없네. 그래도 그게 좋아. 당신의 자유는 당신의 것이야."

"싸구려 환상이나 보여주기는. 마음을 들여다본 정도로 우쭐대지 말라고!"

"챠이카네가 당신의 본심이라고, 인정하는 거지?"

"카운슬링을 하는 게 아니라고!"

까키잉!!

옆으로 휘두른 비스코의 소태도를 황금으로 빛나는 『사자홍검』이 받아냈다. 미소 지은 챠이카는, 오른손에 뻗은 검에서부터 서서히 변이하며 베니비시의 왕 『시시』의 모습으로 변했다.

"멋져요…… 형님의 약동, 생명력이 그 몸에 느껴져요. 어째서 자신에게 거짓말을 하시죠? 어째서 자유를 막고 똬리를 튼 검은 뱀에게 둘러싸여 있는 거죠?"

"이 자식. 무슨 소리를……!"

"그, 여자 따위는."

오싹해질 만큼 차가운 『시시』의 목소리가 비스코의 등골을 쓸고 내려갔다.

"버려버리면 돼요. 없애버리면 된다고요. 당신은 질서 안에서는 살아갈 수 없어요. 당신의 본질은 『고양이』. 우리와 같은, 자유로운 짐승이니까—."

스팡!!

비스코의 후방에서 섬광 같은 푸른빛이 『시시』의 이마를 후려쳤다. 『시시』는 몸을 젖히더니, 요사하고 아름답게 웃었다.

"……파트너가, 환상에서 더 빨리 빠져나오다니."

"공교롭게 됐네. 나는 비스코보다는 드라이하거든."

"크큭……."

그리고는 황금의 가루가 되어 녹아내렸다.

가루의 광채에 비치면서 그 모습을 배웅한 미로는 피부가 땀으로 흠뻑 젖은 비스코를 일으켜 세우고는…….

"비스코."

조용히 물었다.

"콜록, 콜록. 미안하다, 미로. 역시 상대는 법술사……."

"나한테 말하지 않은 게 있지?"

"으극."

미로치고는 끈적하고 축축한 목소리가, 파트너의 목을 막히게 했다. 비스코의 멱살을 잡고, 그야말로 고양이와 얼굴을 맞댄 미로의 추궁이 이어졌다.

"평소의 비스코라면, 환술 같은 건 안 통하잖아. 대체 뭘 본 거야?"

"……너, 너는 뭘 봤는데."

"뭐어~~?! 뭐야 그게!"

"네가 말하면 말할래!"

"무지 에로한 거. 알몸 같은 사람이 잔뜩 나왔어."

"무……."

"이쪽 봐, 비스코!"

확실히 경험 풍부한 판다 의사를 상대로 미인계 환술은 효과가 별로 없었으리라. 한편, 미로는 그런 건 염두에도 두지 않고 땀에 젖은 파트너의 이마에 「콩!」 하고 자기 이마를 맞부딪쳤다.

"의지의 힘이 그대로 너의 힘이야. 마음의 힘만으로 어떤 위협에도 이겨왔어……. 하지만, 그 마음이 흔들린다면. 우리는 주변에 널린 생쥐한테도 못 이겨!"

"으극……."

"내가 있잖아."

한 마디 한 구절, 확인하듯이.

"그러니까, 어떤, 결단을, 내려도 괜찮아. 비스코."

미로는 서로의 코를 맞대면서 말했다.

"누구의 말도 듣지 마. 네가 정하는 거야! 전 세계를 버섯으로 멸망시키더라도, 나만큼은 네 옆에서 아름답다고 말해주겠어. 무슨 선택을 하든, 설령 너에게 죽더라도! 나는 지옥 밑바닥까지 너를 따라갈 거야!!"

이마에 전해지는 서로의 열기.

비취와 창옥, 네 개의 빛이…….

어둠 속에서 마주했다. 망설이던 비취의 광채가, 창옥에서 들어오는 혼신의 맹세를 생명으로 바꿔서 점점 힘을 되찾았다—.

그때.

"앗! 미로, 물러나!"

슈웅!

뭔가 금색의 『화살』 같은 것이 허공을 가르며 날아와 하마터면 두 사람을 꿰뚫을 뻔하며 어둠 속 바닥에 꽂혔다. 부싯돌처럼 켜진 금색 빛에 비친 두 소년은 간발의 차이로 그곳에서 물러났다.

"훌쩍. 훌쩍. 훌쩍……."

눈물을 흘리며, 콧물을 훌쩍이는 목소리.

“참으로 마음을 울리는, 패셔니트한 말. 고양이로 태어나서 그런 말을 한 번이라도 좋으니 듣고 싶었어.”

“이 녀석은!!”

“본의 아니게 꼬마들에게 눈물을 흘리고 말았네요. 나의 아이새도를 지워버린 죄는 무거워요.”

금색의 빛은…….

『화살』이 꽂힌 지면에서 확 퍼지더니 이윽고 어두웠던 광대한 공간을 순식간에 황금의 빛으로 감쌌다.

호화, 현란.

이즈모 콘조신의 장식을 월등히 뛰어넘는, 말문이 막히는 번쩍임. 지하인데도 마치 한낮 같은, 눈부신 황금의 방이었다.

“여기는 뭐야?!”

“악취미……!”

미로는 캑, 하고 신음했다.

방 안쪽의 옥좌로 이어지는 붉은 융단 좌우에는 신상 같은 거대한 『마네키네코』가 한 쌍씩 늘어서 있었는데, 마치 살아 있는 것만 같았다.

『번뜩.』

그런데 그 고양이 눈이 일동을 노려봤다. 열 대는 훌쩍 넘는 숫자의 고양이 신상이 일제히 노려보자 소년들은 무심코 「히익……」이라고 기겁하며 굳어졌다.

“오~호호호호호……. 두 꼬마에게는 너무 헤븐리한 경치였을까요?"

옥좌에서 아름다운 다리를 다시 꼰, 털을 드러낸 장신의 암고양이는 묘마의 대사선 「아마쿠사 겟페이」, 바로 그 사람이 틀림없었다.

손을 휙 흔들자, 바닥에 꽂힌 황금의 화살이 스르륵 뽑혀서 손바닥 위로 되돌아가 빙글빙글 맴돌았다.

"요우칸 그 멍청이는 꽝을 뽑은 모양이네요. 쇼군이 직접 들어올 줄이야. 그 검은 고양이, 대가리가 나쁜 건 변함이 없네요……. 그러고도 잘도 일국의 주인을 맡고 있구나 싶네요."

"네가, 아마쿠사 겟페이!"

곧바로 오니와반의 기풍을 되찾은 미로가 결연하게 말했다.

"초신시의 힘을 빌려서 지옥의 벽을 올라왔구나. 그 화살, 돌려줘야겠어!"

"누가 지옥에 있었다는 거야 이 얼간이. 천국에서 내려온 거라고요! 앗, 안 돼. 혈압이 올라가잖아. 거기, 계집애야~!"

"네에. 아마쿠사 니임."

""으에엑?!""

아마쿠사가 문득 뒤에 말을 걸자, 소년들이 얼빠진 목소리를 높였다.

옥좌 뒤에서 잽싸게 나와 핑크색과 황금색 콘트라스트가 눈부신 호화로운 예복을 입고 있는 것은―.

"네에에. 전갈꿀 케이크랍니다. 아마쿠사 님, 아~앙."

""디롤?!""

저 해파리 머리를 잘못 볼 리가 없다. 인간이 자랑하는 생명력의 화신·오오차가마 티롤의 모습이었지만, 그러나 표정은 완전히 아마쿠사에게 녹아내렸고, 반고양이의 눈동자는 그녀에게 심취해 있었다.

"으음. 우물, 우물……. 으음~, 맛있어라. 인간 주제에 세련된 걸 먹고 있었네요."

"저 녀석, 어떻게 된 거야?!"

"티롤! 나야, 돌아와!"

"아마쿠사 님, 한 입 더……."

"이제 됐어, 짜증 나네. 차 내와, 차."

"네! 여기에."

"캑. 굼벵이 같은 인간 같으니…… 앗뜨거어어어어~~!!"

아마쿠사 겟페이. 손에서 찻잔을 떨어뜨리고 혀를 새빨갛게 물들이며 날뛰었다. 그리고 거친 숨을 몰아쉬고는, 허둥대며 곤란해하는 티롤의 옆얼굴을 힘껏 후려쳤다.

찰싹!!

"꺙!"

""앗!!""

"쓰레기가. 미지근하게 내오라고 말했을 텐데."

아마쿠사는 자신에게 무릎을 꿇은 티롤의 손을 힐 발굽으로 꾸깃꾸깃 짓눌렀다.

"으, 기, 기이익……!"

"고양이 혀라는 개념을 이제 그만 기억하라고, 이 야생 해파리!"

"이 자식이……!"

지금까지 멍하니 있던 눈동자 속에 불꽃을 화르륵 켜고 앞으로 나온 비스코의 눈을…….

"어머. 부러운 건가요?"

높은 곳에서 응시하며 희열에 일그러진, 아마쿠사의 두 눈!

"좋아요. 당신도 밟으세요. 『초신궁의 아카보시』에게는 그럴 자유가 있죠. 강자에게는 강자의 이치가 있거든요."

"그 발을 치워. 누구, 앞에서! 그런 짓을—."

"자신이 누구인지 모르는 건!"

비스코의 말을 물어뜯으려는 듯, 아마쿠사의 목소리가 맹수처럼 울려 퍼졌다.

"네 쪽이다. 아카보시 비스코. 나는 그저, 약육강식 속에서 『고양이』로 살고 있을 뿐. 어째서 강자인 네가? 강하고 고상한 매가. 약자의 질서에 얽매여서 한 곳에 우두커니 서 있는 거지?!"

쩌렁쩌렁쩌렁! 아마쿠사의 노성이 이 자리의 분위기를 뒤흔들었다.

"—나는, 자유로운 남자를 좋아해요."

어흠, 하고 말투를 고친 아마쿠사가 다시금 요염한 자세를 보였다.

"『고양이』가 되시죠."

그리고 비스코에게 손을 내밀었다.

"너는 인간치고는 발톱이 너무 예리해요. 『고양이』가 되어 영원한 자유 속에서 노는 게 좋아요. 이 나와 함께……."

"벼룩이—."

"아?"

"—꾀어드는 듯한 말투야."

비스코는.

아마쿠사의 시선을 정면에서 받아내고는 가늘어진 달 같은 눈동자로 번뜩! 하고 되받아쳤다. 입가에는 송곳니가 보이고, 광포한 웃음조차 살며시 띠고 있었다.

"자유도 질서도 똑같아. 너도 자유에 속박되어 있어. 나는 양쪽 다 필요 없다고……. 자신의 그릇 안에, 기도가 흐른다면 그걸로 충분해."

"네놈……!"

"하물며."

비스코의 얼굴이 「씨익」 하고 웃더니, 공격적인 기색을 드러냈다.

"네 녀석의 기둥서방은 사양이야. 향수 냄새가 너무 진해서 코가 비뚤어지겠어."

"—요우칸과, 똑같은 눈을, 하고 있다니."

찰싹! 하고 티롤 공주를 주변에 걷어차고는.

"내가, 눈여겨, 봐줬는데도……!"

지금까지와는 격이 다른 분노와 함께, 아마쿠사의 하얀 털이 흔들흔들 물결쳤다.

"마음에 안 들어 마음에 안 들어, 마음에 안 들어! 내가 눈여겨 봐줬는데도! 손익 산정도 못 하는 대가리라면!"

"미로, 온다!"

"지금 여기서! 뇌를 흩뿌려주마아아—!!"

황금색으로 빛나는 초신시가 법력에 응하여 소년들을 노리고 덮쳐왔다—.

그때 공중에서, 명도·킨츠바의 방울이 딸랑 울린다!

"『순화검』,"

"요우칸 님!"

"『방어 무조림』!"

까키잉!!

거합으로 휘두른 요우칸의 칼날이 초신시의 일격을 튕겨냈다.

"나왔구나, 검은 녀석. 빌어먹게 재수가 없어."

"겟페이! 그 원한의 송곳니, 죄 없는 인간에게 향하게 두지 않겠다!"

"뭘 『늦지 않았다……』라는 듯이."

숙적 사이의 재회의 인사조차 없었다.

"내가! 기다려! 준 거잖아!"

"단죄!"

타탓! 땅을 박차고 질주하는 요우칸을 요격하기 위해 딱 하고 울린 아마쿠사의 손바닥 위에 황금색 『화살』이 나타났다.

"『순화검』……."

헤이드풀 세븐

"『묘술(猫術)·원한칠두(怨恨七頭)』!"

요우칸의 순화검이 공기 중의 순화 입자를 불러일으켰고…… 그 움직임으로 인해 아마쿠사가 속도에서 앞섰다. 아마쿠사의 초신시가 공중에서 만월의 궤도를 그리자, 그 궤적을 따라가면서 송곳니를 드러낸 일곱 개의 고양이 머리가 나타났다.

'음?! 이 술법은!'

"물어뜯어라!"

아마쿠사의 지시에 맞춰 입을 크게 벌린 일곱 머리가 연이어 요우칸을 향해 달려들었다. 요우칸은 즉시 급소를 지켰지만.

『밉다.』

『밉다, 요우칸.』

『첩실 소생 따위가.』

『물어 죽여라.』

'이건, 형님들!'

콰악, 하고 어깻죽지나 다리를 물려 신상에 처박히고 말았다.

"요우칸!"

"어째서?! 요우칸 님이라면 떨쳐낼 수 있었을 텐데……."

"오~호호호호호! 빌어먹게 물러 터졌네요. 온실 태생!"

아마쿠사가 입가에 손을 대며 크게 웃자, 일곱 고양이 머리가 다시 돌아와서 후광처럼 회전했다.

"이 녀석들은 나에게 먹힌 야츠하시 종가의 후사들. 요우칸의 일곱 형이랍니다. 쇼군이 된 동생을 향한 증오는 특히나 심하죠. ……아아, 추해라. 정치란 어쩜 이리도 추한지."

"추한 힘이라는 걸 알고 있다면, 제일 추한 건 그걸 쓰는 녀석 아니야?"

"……뭐어—?!"

비스코가 아무렇지도 않게 말한 한마디가 겟페이의 묘한 자존심을 찌른 모양이었다.

"추, 추하, 다고? 이 내가. 설마, 잘못 들은 거겠지?"

"네놈의 마음은 말이지—."

"고양이보다 돼지에 가깝다고 말한 거야. 꿀꿀 울어봐, 겟페이!"

"저기, 미로 씨. 그렇게까지는."

"입 다물어—!!"

하얀 털이 새빨갛게 상기된 아마쿠사가 일곱 머리를 이번에는 미로에게 보냈다.

"좋아. 이리로 와! 비스코!"

"그래!"

아이 콘택트로 일곱 머리를 끌어들인 미로의 위로 도약한 비스코가 아마쿠사에게 돌격했다.

"먹어라! 나의 통뱀검!"

그리고 허리의 태도를 뽑아 아마쿠사를 향해 내리쳤다!

한편, 아마쿠사는 침착했다.

"외친다고 다 오의가 되는 게 아니라고."

까키잉!

"윽! 뭣이이!"

비스코가 내려친 태도는, 갑자기 아마쿠사의 머리 위에 나타난 『금화』의 방패에 막혔다. 아마쿠사는 술식을 쓰느라 손이 막혀 있었고, 방어술을 외운 기색은 없다…….

"아마쿠사, 님. 지켜, 드리겠습니다……."

"티롤! 너어!"

"nyan(냥)/nyad(냐다)/myaruler(먀루라)/smyau(스먀우)!"

티롤이 영창한 수수께끼의 진언에 응한 금화에서 푸슝!! 하고 무수한 창이 튀어나와 비스코를 덮쳤다. 비스코는 반고양이의 유연한 몸을 젖히며 어떻게든 피해서 가까스로 파트너에게 돌아왔다.

"금을 자유자재로……! 티롤 녀석에게 어떻게 저런 법력이?!"

"신기하지는 않아. 돈에 관한 재능은 인간 중에서 제일이니까."

"그런 건가~?!"

"나에게 상처를 입히려 해도, 이 계집이 지켜주거든요. 공수 만전, 손쓸 방도 없음! 그렇죠? 학식 없는 것들아. 오~, 호호호호……."

소태도로 일곱 머리를 치워낸 미로 주변에 비스코와 요우칸이 모였다.

"저 하얀 고양이, 엄청 기고만장하고 있잖아."

"음. 초신시 때문이겠지. 과거와는 비교도 되지 않는 힘이다. 손쓸 방도는 없나? 네코야나기."

"당연히 있죠!"

미로는 어딘가 울컥한 표정으로 아마쿠사를 노려보며 강하게 말했다.

"학식 없는 것들이라고 했겠다. 두 사람은 몰라도, 나를!"
"무례하지 않아?"
"참수감이다."
"저와 비스코에게는 진언궁이라는 필살기가 있어요. 하지만 쏘기까지 빈틈이 있죠."
미로가 그렇게 말하며 손바닥을 뒤집자, 그곳에 회전하는 에메랄드 큐브가 나타났다.
"그동안 일곱 머리, 티롤, 아마쿠사의 공격을 버텨내야……."
"몇 초 필요하지?"
"7초만 있다면!"
"그럼 10초 들여라. 실수하지 마라!"
요우칸은 그렇게 말하자마자 명도를 뽑아 아마쿠사를 향해 단기로 내달렸다.
『네 이놈, 요우칸.』
『첩실 소생!』
일곱 머리가 원념의 목소리와 함께 덮쳐왔지만, 각오를 다진 요우칸에게는 이미 적수가 아니었다.
"그런, 비열한 성격을 가졌으니……."
『후계자아아아.』
"죽어서도 구원받지 못하는 거다, 어리석은 형님들!"
퍼억, 퍼억, 퍼억!
『『끄하악!!』』
눈에도 보이지 않는 요우칸의 칼등 치기가 달려든 일곱 머리의 미간에 훌륭하게 명중했다. 일곱 머리는 마치 술이라도 마신 듯 휘청거리며 눈이 핑핑 돌아갔다.

『으아아아, 아버님.』

『용서를…….』

그리고는 뭔가 환각과 함께 지면을 데굴데굴 굴렀다. 요우칸은 그걸 돌아보지도 않은 채 하얀 칼날을 번뜩였다.

"이미 파국(破國)의 오니가 된 너를 내버려 둘 수는 없다. 나의 순화검과 다시 한번 승부다, 겟페이!"

"아~아~아~. 변함없이 우렁찬 목소리. 빌어먹게 짜증 나네요."

드디어 그 칼날이 아마쿠사를 향해 떨어졌다!

"아마쿠사 님! 『금화 방패』!"

까킹!

티롤의 묘언이 요우칸의 명도를 막아냈다. 씨익, 하고 웃은 아마쿠사가 새로운 술식을 짜내려고 한……

바로 그때.

"순화검, 『생선회』!"

일순백참(一瞬百斬)! 콤마 초 사이에 무수하게 내달린 참격이 금화 방패를 『빠각』 하고 주사위 눈 모양으로 분쇄하고는 아마쿠사에게 쏟아냈다.

"……이, 이 검력!"

"힘을 키운 것이 너뿐이라고 생각하지 마라!"

"우쭐대지 말라고—!!"

가로 베기로 휘두른 요우칸의 칼날과 손바닥 위로 들어 올린 『초신시』가 맞부딪치며 황금색 불똥이 튀겼다. 계속해서 3격, 5격, 서로 한 발짝도 물러서지 않는 타격전은 1합마다 공간이 비명을 지르며 떨릴 정도였다.

'역량은 호각!'

그러나.

'예전에는, 겟페이의 보구를 나의 『킨츠바』가 웃돌았다. 하지만―!'

"이 『초신시』는 말이다―! 요우칸!"

하얀 털이 땀으로 범벅이 되었지만, 아마쿠사는 송곳니를 드러내며 웃었다!

"『버섯지기』의 끝에 도달한 자가 만들어낸, 기적의 보구야. 의지력에 따라, 가진 자가 바라는 모든 것을 이루어주지!"

'도신이, 못 버티나……!'

"네놈의 장난감과는! 격이 다르단 말이다―!!"

빠키이잉!!

"크윽!!"

마침내, 초신시의 화살촉이 킨츠바의 도신을 후려쳐 정면에서 부러뜨렸다. 공중에서 번뜩이는 도신을 바라보면서…….

"나의, 승리다……! 요우칸!"

아마쿠사가 자신의 승리를 선언했다.

화살촉의 충격으로 인해 크게 날아간 요우칸은 벽에 선 고양이 신상에 부딪혀 콧대를 부수면서 질질 지면에 떨어졌다.

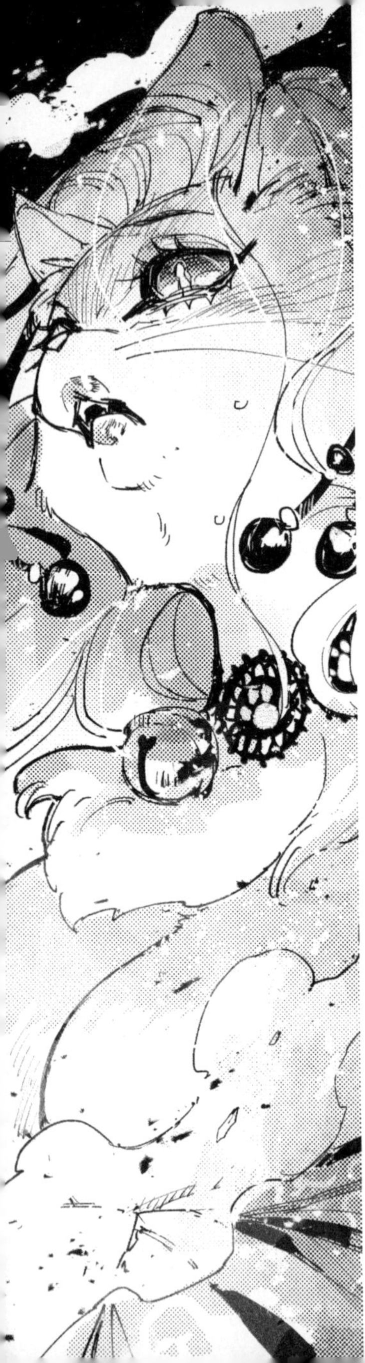

겟페이는 허억허억 숨을 내쉬고는…….

풀어진 가슴팍은 그대로 두고, 쓰러진 요우칸을 향해 천천히 걸어갔다.

"……마지막, 기회를, 주겠어."

그것은 도취인가, 황홀인가, 아니면 안도인가—.

그중 어느 것이 섞인 감정이, 겟페이의 목소리를 약간 떨리게 했다.

"말해. 일찍이 나보다 나라를 선택한, 자신이 어리석었다고."

조용히, 교차하는…….

흑과 백, 두 고양이의 눈동자.

"모든 것을 인정하고, 복종한다면. 나의 곁으로, 돌아오는 걸, 허락하겠습니다."

"……."

"생명이 있는 그대로 반짝이는, 진정한 고양이의 세계를 만드는 거야. 나와, 당신이……."

"이 묘마를. 모든 백성을 멸하고서 말이냐!"

“쓰레기가 그렇게 소중해?”

“……겟페이여. 나 혼자만의 심력으로는, 아직 너에게 닿지 못한다.”

“…….”

“하지만.”

“응?”

“지금은, 혼자가, 아니다!”

그 말과 함께 요우칸은 홱! 하고 공중으로 몸을 날렸다.

그걸 시선으로 따라가자…….

‘뭐야?! 뭔가, 강렬한 압력이……!’

그 머나먼 전방에서 뿜어져 나오는 인지를 초월한 압박감을 느낀 아마쿠사는 전율했다!

“기다렸지! 하얀 고양이!!”

황금의 반짝임조차 능가하는 태양의 광채. 비스코와 미로의 주변을 감도는 녹식 포자가 에메랄드색 진언궁을 반짝반짝 비췄고, 한껏 당긴 화살촉을 일직선으로 아마쿠사에게 겨눴다.

“뭣이이이이, 꼬마 놈들이?!”

“필살!”

““진언구우웅—!!””

푸슈우웅! 라이플이 철을 관통하는 듯한 작렬음과 함께 진언궁 화살이 발사되어 콤마 초도 되지 않아 아마쿠사의 눈앞까지 다가왔다.

아마쿠사는 모든 법력을 초신시에 결집시켰고.

투콰아앙!

“커억?! 카아아악—?!”

마치 초거대 둔기로 얻어맞은 듯한 충격을 온몸으로 받아냈다. 에메랄드 화살과 황금의 화살, 각자가 어마어마한 충격파를 발했고, 주변의 신상이 굉음과 함께 쓰러졌다.

‘제, 젠장. 젠장! 이, 이 정도, 이 정도쯤!!’

하얀 고양이의 아름다운 얼굴이 추하게 일그러졌고, 폭포수 같은 땀이 흘렀다. 굳게 디딘 발은 충격에 밀려났고, 순금 바닥이 발톱에 크게 파였다.

‘몇 번이고, 자신의 재능이 짓밟히고, 땅에 엎어져 눈물을 핥았어.’

‘나는 아마쿠사 겟페이.’

‘자유에 선택받은 고양이야!’

‘이 정도, 일로……!!’

아마쿠사가 조종하는 초신시가.

혼신의 기도를 흡수하여 슬금슬금 광채를 늘렸다.

"짓밟혀서. 죽을 리가 없단 말이다아!"

이윽고 그것은 진언궁조차 웃도는 강대한 소원의 흐름이 되어—.

"『고양이』! 얕보지 마라아! 꼬오마아들아아아—!!"

빠키이이잉!

"뭣!"

"뭣이이!"

마침내 극광의 광채에 도달한 초신시의 힘은, 두 소년이 날린 진언궁 화살을 튕겨냈다. 튕겨난 에메랄드 화살은 지하 깊숙이 있는 황금궁의 천장을 뚫고 지상까지 바람구멍을 뚫었다.

"허억, 허억, 헤엑, 헤엑."

아마쿠사는 거친 숨을 몰아쉬며 무릎을 꿇었다. 한편, 소년들도 모든 힘을 쏟아부은 화살이었다. 두 번째 화살을 쏠 여력은 남아있지 않았다.

"우리의 진언궁이……. 전력으로 쐈는데!"

"하얀 고양이를 얕봤어."

비스코가 거친 숨을 몰아쉬며 약간 감탄한 목소리를 냈다.

"저 녀석이 한껏 불어넣은 기도에 초신시가 호응한 거야. 기도에 응해서 세계를 통째로 바꾸는 화살이라고. 그렇게 되면 다른 어떤 힘도 당해내지 못해."

"저기, 어째서 그런 화살을 쏜 거야?!"

"공범이잖아!!"

여기서 요우칸의 움직임은 빨랐다.

요우칸의 육체도 한계였지만, 진언궁을 튕겨낸 아마쿠사에게는 이미 조금 전의 스피드는 없으리라 판단한 것이다. 그리고 그 예상은 적중했다.

‘으, 그으윽……. 모, 몸이, 안 움직여요…….’

와키자시를 뽑아서 도약한 요우칸을 향해 필사적으로 법력을 짜냈지만, 대응이 늦어졌다.

“겟페이여! 그 수라의 인과, 내가 끊어주겠다!”

‘네 이노오옴……!’

절체절명의 위기 앞에서, 아마쿠사가 전격적인 번뜩임을 얻었다.

가로 베기로 휘두른 와키자시를 향해, 홰액! 하고—.

뒤에 앉아있던 티롤을 잡아서 그 목을 방패로 삼은 것이다.

“뭣이?!”

순간.

“바보가……!”

순간적인 빈틈만 생기면 충분했다. 요우칸의 와키자시는 깜짝 놀라 웅크린 티롤의 목덜미 직전에 우뚝 멈췄고…….

콰악!

바닥에서 날아온 초신시가 요우칸의 왼팔을 잘라내 버렸다.

“부…….”

“요우칸!!”

“불찰…….”

“원한 성취(나무아미타불).”

스르륵 움직이는 아마쿠사의 손가락.

초신시는 공중에서 휘이잉 춤추며 공중에 치솟은 요우칸의 가슴을, 오른쪽 허벅지를 푹 관통했다!

"잘 가라. 요우칸……."

빠굼, 빠꿈!!

황금의 버섯으로 인해 날아간 요우칸의 몸을…….

"요우칸 님!!"

미로가 필사적인 도약으로 받아냈다. 희대의 검호·야츠하시 요우칸은 이미 의식이 없었고, 그저 그릉그릉 목만 울 뿐이었다.

"이럴 수가, 팔이! 요우칸 님, 요우칸 님—!!"

"정신 차려! 젠장, 가슴에 구멍이……. 미로, 내 피를 써!"

"오호호호호호. 아—, 하하하하하하아!! 물러, 물러. 빌어먹게 물러. 계집애 한 명 때문에 검이 둔해지다니. 이름대로 투 스위트하네요!"

아마쿠사는 한 손으로 이마의 땀을 닦고는 커다란 웃음소리를 내질렀다.

"순화검·요우칸의 왼팔이라. 사실은 본체를 통째로 갖고 싶었지만…… 뭐, 공물로 쓰기에는 충분하겠죠."

"공물이라고……?!"

"기뻐하시죠. 꼬마들."

완전히 여유를 되찾은 아마쿠사 겐페이는 한 팔을 안고 무서워하는 티롤의 목덜미를 손톱으로 드득드득 긁고는, 피루 물든 요우칸의 팔에 「으음~, 쪽」 하고 입맞춤했다.

“이 초신시의 힘이 가득 차면, 나의 비원은 이루어지고……
인간이나 고양이의 구별 없이, 생물은 모두 녹아내려 하나의 키노코가 됩니다. 무슨 말인지 알겠나요?”

“생명체를 하나의 균상(菌床)으로 만들겠다는 거냐?!”

“그런 게 구제라니, 너의 이기심이야!”

“이해가 너무 빠르네요.”

아마쿠사는 허탕을 쳐서 어이가 없어졌는지, 아니면 기분이 상했는지…….

“알기 쉽게 두 줄로 요약하지 말라고. 여기서는, 내가! 야망이나 그 슬픈 배경을, 뜸 들이면서 이야기할 때잖아—!!”

““우와앗!””

분노에 몸을 맡긴 채 초신시를 날려서 두 사람의 뒤쪽에 꽂았다. 황금의 버섯이 바닥에서 빠굼! 하고 피어나 요우칸을 안은 미로를 공중에 날려버렸다.

“아차!”

냐무아미타불
“암전입멸(暗轉入滅).”

휘리릭 방향을 바꾼 초신시가 이번에야말로 미로와 요우칸을 한꺼번에 꿰뚫으려는—.

그 직전!

“체에에에에에에스토오오오—!!”

““앗?!””

“순화검! 『수차(水車)』!”

빠키이잉!!

뒤쪽 머리 위에서 대태도가 엄청난 기세로 떨어지자, 아마쿠사는 초신시를 되돌려서 간발의 차이로 막아냈다.

갑자기 그 자리에 나타난 것은, 한 마리의 노고양이 사무라이…….

진언궁이 뚫어버린 구멍을 통해 내려와 그 기세를 실어 아마쿠사에게 떨어진 것이다.

"악선·아마쿠사! 전하를 해치게 두지는 않겠다아!"

"뭣이이이!"

두 소년도 눈을 크게 떴다. 이마에 결사의 보호대를 착용하고, 그 작은 몸으로 대태도를 다루는 것은 쇼군 직속의 노친칠라, 로주 시바후네가 틀림없었다.

"이, 이 늙어빠진 고양이가. 아직도 살아있었……."

"순화검!"

시바후네는 얼마 전까지 누워있었다고는 생각지 못할 몸놀림으로 몸을 틀었고…….

"『잉어 왕생』—!!"

슈팡!!

아래에서 올려 치는 참격으로 드디어 아마쿠사의 안면을 타격했다!

"끄으아아아—악?!?!?!"

뿜어져 나오는 선혈!

이미 수많은 법력의 혹사로 초신시의 움직임이 둔해졌다고는 해도, 쇼군을 지키려는 노친칠라의 일격이 마침내 그 얼굴

반쪽을 타격한 것이다. 왼쪽 눈이 찢어져서 몸부림치는 아마쿠사를 뛰어넘은 시바후네는 바닥에 털썩 쓰러졌다.

"영감!!"

"아, 아카보시. 전하께서는, 전하께서는 무사하신가……."

"카로! 요우칸 님은 아직 구할 수 있어요. 반드시 구할게요!"

"오오, 딱하기도 하셔라. 전하. 이 시바후네가 무능한 나머지……."

시바후네는 눈을 감은 요우칸을 보고 눈물을 한껏 머금고는 주인의 목덜미에 코를 조용히 묻었다. 노고양이 사무라이의 뇌리에, 예전의 나날이 되살아났다.

'할아범. 어때? 나의 순화검을 보라고!'

'말 경주는 할아범의 승리인가. 싫다. 한 번 더 승부하지 않으면 안 돌아간다!'

'이런 거창한 기모노……. 그런가. 겐푸쿠(元服)[#9], 인가.'

'오늘도 아버님은 만나주지 않으시는가. ……역시, 나의 검은 털은 아버님에게는 귀엽게 보이지 않는 것인가…….'

'약한 소리를 하시는군요.'

'설령 묘마의 모든 고양이가 도련님을 업신여긴다 해도.'

'이 할아범이 있습니다.'

'이 할아범이, 언제 어느 때라도 반드시 곁에 있어 드리겠습

#9 겐푸쿠(元服) 일종의 성인식.

니다…….'

넘쳐나는 눈물이 몇 초 동안 검고 윤기 나는 털을 적셨고…….

그리고, 단호하게 눈물을 닦은 노친칠라는 소년들의 눈을 정면에서 응시하고는 사무라이의 목소리로 외쳤다.

"전하를 부탁한다. 이 시바후네의 영혼, 반드시 함께 있으리라고 전해드려라."

"무슨 소리야, 영감! 너도 물러나야지!"

"알고 있었다. 제지했어야만 했다. 『전하는, 아마쿠사를 절대 벨 수 없다』!"

""에엑?!""

요우칸에 심취하고 있는 로주, 시바후네의 뜻밖의 말을 듣자 소년들도 저도 모르게 목소리를 높였다.

"아마쿠사 겟페이는, 일찍이 요우칸 님의 정처, 였으니까!"

소년들은 말문이 막혔다.

시바후네는 시간이 아깝다는 말을 이었다.

"궁중의 정치가. 질서가. 마음씨 착했던 두 부부를 갈라놓았다. 사악한 자로 타락했다고는 하나 사랑하던 아내. 자신의 순화검으로 구해주고 싶다며, 전하께서는―."

"나불나불! 떠들지 말란, 말이다아―!!"

휴우웅! 하고 날아온 초신시를…….

"체에냐아아앗!!"

시바후네의 검이 튕겨냈다! 과연 저 노구의 어디에서 저런 힘이 나오는 걸까. 아니, 지금 시바후네의 몸은 불처럼 타오르는 순화 입자에 뒤덮였고, 의지와 생명을 매개로 삼아서 여기가 마지막이라는 듯 범상치 않은 검력을 발휘하고 있었다.

"고양이의 황혼에, 인간이 떨어졌다. 이것도 뵤쇼텐의 인도하심인가…… 커헉!"

각혈! 목을 타고 흐르는 선혈을 결의의 육구(肉球)가 닦았다!

"어떤 결말이라도 원망하지 않겠다. 인간 아이들아! 묘마의 명운, 그대들에게 맡기마!"

"카로!"

"가거라!"

시바후네는 아마쿠사에게 덤벼들면서 황금궁 천장에 검격을 후려쳤고, 천장이 우르르 붕괴하면서 쫓아오려던 두 사람의 길을 막았다.

"아마쿠사! 나의 순화검, 받아보아라!"

"여기까지 와서 방해하는 거냐! 늙은이—!!"

"미로, 비켜! 만가닥버섯으로 바위를 치우겠어!"

"……물러나자, 비스코. 지금은 이길 수 없어."

"미로?!"

"지금 알았어. 우연이 그녀에게 힘을 내려준 게 아니야. 그녀가 아마쿠사 겟페이였으니까, 거기에 초신시가 꽂혔던 거야!"

미로는 비스코와 정면에서 응시하면서 그 별 같은 눈을 깜빡였다.

"그녀가 가진 극한의 굶주림이 초신궁을 끌어들였어. 이기고 싶다. 빼앗고 싶다. 해방되고 싶다. 아마쿠사는 너의 『신앙』보다 앞쪽 지점에 있어. 대국적으로 보면 이기는 건 비스코겠지. 하지만."

"……찰나를, 부딪친다면, 패하는 건가……!"

"요우칸 님에게, 가르침을 구해야겠어."

요우칸을 등에 다시 업은 미로가 고개를 끄덕였다.

"세상에서 아마쿠사와 가장 많이 마주한 건 이 사람이야. 반드시 구하겠어!"

"알았어!"

두 소년은 무너지는 황금궁에서 몸을 돌려 요우칸을 안고 달렸다. 그걸 생매장하겠다는 듯, 동굴 터널이 엄청난 기세로 무너졌다.

"두 발로는 안 되겠어. 미로, 타!"

"무겁지 않아?!"

"나를 누구라고 생각하는 거야!"

반고양이 비스코는 즉시 네 발이 되어 요우칸을 업은 미로를 등에 태우고 엄청난 속도로 달려갔다. 아마쿠사의 거성이었던 지하 황금궁이 완전히 매몰된 것은 도망치기 시작한 지 5분도 지나지 않아서였다.

7

고고고고고고고…….

땅울림이 일어났다.

무의식적으로 울리던 『대마령』의 음파에서 해방되어 평온한 잠을 누리던 묘마국은, 커다란 흔들림 때문에 거칠게 일어나게 되었다.

“뭐야 뭐야.”

“지진이야.”

“천재지변이야.”

묘마국은 천재지변이 원체 적은지라, 고양이들의 당황도 심했다. 포목점 주인·센베이는 무슨 일인가 싶어 구르듯이 마루에서 큰길로 나왔다.

“오, 고헤이. 무슨 일이야!”

“센베이 나리. 이제 틀렸어. 이 묘마는 끝장이야.”

“지진 정도로 무슨 호들갑을. 하지만 집이 쓰러지면 위험하겠지. 모두 도망쳐서—.”

“성의 낌새가 이상하단 말이야. 아앗, 저걸 봐!”

마을 고양이가 가리킨 방향을 보니.

성 아래에서 올려다보이는 묘마성이 대기의 흔들림을 느낀 듯이 휘청휘청 흔들렸고, 지표에서 뭔가 황금색 빛이 나오고 있는 게 보였다. 센베이가 「저건 무슨 일……?!」이라며 무심코 시선을 빼앗긴 순간.

빠, 꿈!!

흐릿한 파열음이 들리며 묘마성이 크게 「올라갔다」. 그리고 곧바로 투쾅, 투쾅 하고 좌우 성벽이 부서지더니 그곳에서 거대한 두 개의 팔이 쑤욱 튀어나왔고, 「얼굴」에 해당하는 부분의 성벽이 드득드득 깎였다.

『쿠 구 구 구 ~ ~ ~ 궁 ! ! 』

외친 것은 「성」 그 자체였다.

거대한 황금색 버섯에 내부가 먹혀버린 묘마성의 외관은 통째로 균사에 침식되었고, 외눈 두 팔, 두 다리의 「키노코성」으로 새로이 나타난 것이었다.

『해 치 워 주 겠 다 ~ ~ ~ 아 ! ! 』

"우와와. 저건 키노코다. 키노코가 성을 먹어버렸다!"

"봐. 저곳에 사람이!"

두둥실…….

황금으로 빛나는 키노코성 앞에 떠서 성 아래를 내려다보는 두 개의 그림자.

초신시를 둥실둥실 띄우고 있는 사선·아마쿠사 겟페이는 뒤에서 대기하는 티롤 공주가 따라준 술을 쭈욱 들이키고는 잔을 주변에 내던졌다.

"고양이들의 저 당황하는 모습, 빌어먹게 한심하네요. 오호호……."

"오호호."

"입 다물어! 내가 웃고 있잖아!"

"말씀하신 것, 여기에."

아마쿠사는 티롤 공주가 내민 물건을 흥, 하고 코웃음을 치며 강제로 강탈했다. 보라색 천을 천천히 벗기자, 그 안에서 순화검·요우칸의 왼팔이 나타났다.

"백성을 지켜야 하는 이 팔이, 묘마의 종말을 알리게 되었다니 참 얄궂네요."

아마쿠사는 앞쪽 공중을 향해 요우칸의 팔을 던졌다.

"잘 보라고요. 파뷸러스 액션!"

그리고 초신시를 빙글 돌려서 그걸 꿰뚫었다!

파파팡!

섬광이 요우칸의 팔에 닿은 순간, 그것은 금색으로 작렬하여 묘마 전체를 눈부시게 비췄고, 다음 순간, 공중에 거대한…….

황금의 『종』이 나타났다.

"『대마종(大魔鐘)』, 현현! 짜잔~! 이 녀석의 음파는 방울과는 비교가 안 된다고요."

"겟페이 님. 귀마개를 생성했습니다. 사용해주세요."

"어머, 당신 눈치가 빠르네요……. 아니, 딱딱하잖아! 이게 뭐야?!"

"순금인데요오."

"귀마개까지 순금이라니 바보 같잖아요. 악취미네요."

'네가 말하지 마.'

아마쿠사는 투덜투덜 불평을 늘어놓으면서 귀에 귀마개를 꽂았다.

"묘마의 고양이들아!"

그리고 소리 높여 고양이 백성들에게 외쳤다.

"때는 왔노라. 이 아마쿠사 겟페이, 만묘에게 평등하게 구제의 소리를 들려주마!"

『우오오오오.』

뒤에 있는 키노코성이 아마쿠사가 맺은 인에 반응해서 맹렬하게 외치며 거대한 팔을 크게 들었다!

"복음. 타종!"

우우우웅!

키노코성의 오른손 스트레이트가 대마종에 작렬하자, 대지를 뒤집는 듯한 음파의 파도가 주변을 내달리며 성 아래의 가옥을 날려버렸다.

"우와아악—! 이, 이 소리는!"

"고헤이! 안 돼. 이 소리를 들으면 안 돼!"

포목점 주인·센베이는 덮쳐오는 음파에 털을 곤두세우며 필사적으로 목소리를 높였다.

"마탕고의 종소리다! 다들 이것에 키노코가……!"

"노……녹아내리는 것 같은 음색이야~~!"

오싹해지며 놀란 센베이의 눈앞에서, 고헤이는 문자 그대로 황홀한 표정을 지었다.

"고민도, 고통도, 녹아내리는 것 같아. 마탕고의 가르침은 진짜였어. 속세의 괴로움이 이렇게 단번에 사라진다면……나, 키노코가 되어도 좋아~~!"

"바보 같은 소리 하지 마! 정신 차려, 고헤이! 이봐……!"

"오, 오보보아~~?!"

빠꿈!!

필사적으로 어깨를 흔드는 센베이를 밀쳐낸 고헤이가 황금색으로 작렬했다. 앞쪽에 퍼진 포자를 치워내고 겨우 눈을 뜬 센베이의 눈앞에서.

"쿠구구구~~웅!"

"고, 고헤이!"

새로운 키노코가 탄생의 외침을 높였다. 고헤이만이 아니다. 지금은 묘마성 아래의 모든 곳에 퍼진 대마종의 복음을 들은 고양이들이 차례차례 키노코로 변하고 있었다.

"버서섯서~섯."

"전지의 사도."

"이 녀석. 귀를 막고 있다."

"용서할 수 없네."

"그만둬—. 고헤이, 정신 차려라~!"

"간지럽히면 어떨까."

"음."

""""간질간질.""""

"냐하하하하하?! 그만! 앗."

빠꿈!

"쿠구구궁!"

"자."

"다음."

…….

이후에도 키노코성의 마종 소리는 그치지 않았고.

드디어 대사선·아마쿠사의 간계는 성취되어 묘마국 자체가 키노코의 마도로 타락하고 말았다. 황금으로 빛나는 성 아래의 하늘에서, 아마쿠사의 드높은 웃음소리가 밝게 울려 퍼졌다—.

"무슨 짓을……!"

약초를 채취해서 돌아가는 도중.

산길 절벽 위에서 상황을 살피던 미로가 그 광경을 보고 이를 갈았다.

"초신시의 숙련도가 몇 단계는 올라갔어. 자기 말대로 정말 천재구나."

"그래도, 왠지 행복해 보이지 않아? 버섯은 버섯이니까."

"태평한 소리 하지 마!"

파트너가 고함치자, 비스코는 깜짝 놀라 고양이 귀를 수그렸다.

"묘마국이 함락되면 다음은 인간을 노릴 거야. 여기서 우리가 막아야 해!"

"알았어 알았어! 모범 해답이냐~."

"방법은 두 가지. 이쪽도 초신궁을 한 번 더 쏘든가……."

"이제 쏠 수 없어."

비스코는 송곳니를 드득드득 갈면서 짜증 난 듯 키노코성을 바라봤다.

“쏠 수 있다고 해도 안 돼. 초신력이 두 개나 부딪친다면, 세계가 터져버릴 거야.”

“아니면, 고양이 손을 빌릴까?”

“응.”

비스코는 미로의 말에 짧게 수긍했다.

“그 전하, 분명 필살기를 숨기고 있을 거야. 가자.”

성 아래를 단념하고 산길을 내려가는 비스코를 미로도 재빨리 따라갔다. 비스코는 반고양이의 몸에 완전히 익숙해졌는지 네 발로 걷는 게 일상이 되어버렸고, 그 속도는 민첩한 미로도 따라가기 고생할 정도였다.

암벽에 뚜껑으로 덮어둔 바위를 데굴데굴 굴리자…….

“요우칸! 기다렸지?”

“잠깐! 아직 자고 있다니까.”

물방울이 떨어지는 동굴이 모습을 드러냈고, 그 안에는 8대 쇼군·요우칸이 그 다부진 몸을 눕히고 있었다.

눈은 뜨고 있다.

“일어났잖아.”

“요우칸 님! 다행이다. 눈을 뜨셨나요.”

미로는 그에게 달려가서 이마에 손을 대며 열을 측정했다.

“……굉장한 치유력. 괜찮아요. 이 상태라면 한 달 정도 지나면.”

“나는, 패했나.”

몸을 일으키려다 윽, 하고 인상을 찌푸린 요우칸을 미로가 황급히 제지했다.

"요우칸 님!"

"몸은 움직이는 모양이군. 가슴을, 꿰뚫렸다고 생각했는데, 나는 어째서 살아있지?"

"요우칸의 의지력이 초신시의 힘을 역으로 흡수한 거야. 상처를 보여줘."

미로는 한번 끄덕이고는 요우칸의 가슴팍을 덮은 붕대를 조용히 풀었다. 그러자 그 속에서, 요우칸의 육체에 뻥 뚫린 구멍…… 그리고 그걸 덮은 황금의 균사가 내뿜는 광채가 눈에 날아들었다.

"……균이, 내 몸을……."

"요우칸 님의 의지력이 포자를 아군으로 삼은 거예요."

미로는 기쁜 듯이 말했고…… 이윽고 요우칸의 시선이 향하는 곳을 따라가더니 표정을 흐렸다.

"하지만, 팔은……."

"그런가."

요우칸은 그렇게 말하고는 눈을 감았다.

묘마국에서 견줄 자 없는 그 검력을 지탱하던 것은 사실 잘 쓰는 팔이 아니다. 칼을 막은 뒤에 날리는 왼쪽 손톱의 일격이 있었기에 순화검은 필살의 검이 될 수 있었다.

단면의 상처는 균사가 막았지만…….

지금 요우칸의 왼팔은 팔꿈치 앞쪽이 절단당했다.

"아무래도 나의 순화검은, 꺾이고 만 모양이다."

"그렇지 않아요. 금방 원래대로 움직일 수 있게 될 거예요! 의수도 지상에서 품질 좋은 게 당도한다면……."

"……."

열심히 요우칸을 격려하는 파트너를 바라보던 비스코는 사실, 그것이 요우칸에게는 잔혹한 격려라는 걸 알고 있었다.

몸속을 맴도는 기(氣), 생명력의 흐름을 응시하고, 그것과 대화를 나누면서 발휘되는 것이 이른바 「오의」다. 순화검과 버섯지기의 궁술은 흡사했고, 그렇기에 한 팔을 잃어버린 몸이 그리 쉽게 회복될 리가 없었다.

'그렇지만…….'

비스코는 입술을 깨물었다.

'여기서 약한 마음을 먹으면 곤란해. 겟페이의 초신시를 격파하려면.'

"역시, 순화검밖에 없다."

의외로 결연하게 나온 요우칸의 목소리를 듣자, 소년들은 카운터를 먹은 듯 잠시 굳어졌다.

"이미 패한 마당에 좀 그렇지만, 그때 순화검이 아마쿠사를 칠 수 있다는 확신을 얻었다. 흐림 없는 진정한 순화검을 부딪친다면, 그 칼날은 반드시 아마쿠사를 웃돌겠지."

"알고 있으면 이야기는 빠르지. 가자! 저 덩치는 우리가……."

"잠깐, 바보바보. 무리한 소리 하지 마!! 가슴에 큰 구멍이 뚫렸는데!"

"안타깝지만 아카보시. 지금의 나는 이미 순화가 편들어주지 않는다."

요우칸은 고통에 인상을 찌푸리면서 반신을 일으켰고, 그럼에도 두 눈을 반짝이며 말했다.

"아마쿠사를 베려면, 나 이상의 실력을 가진 검객이 순화검을 사용해야만 해."

"요우칸 님보다 강한 검사라니, 이 나라에 있는 건가요?!"

"없다."

""이봐!!""

"지금은, 말이지."

요우칸의 붉은 눈동자의 광채는―.

"시간이 없다. 이 새벽부터 저녁때까지 순화검의 오의, 그 전승자를 육성해야만 한다. 그리고 오의 습득의 소질을 가진 건, 내가 아는 한 단 한 명."

눈앞의 미로에게서 천천히 비스코에게 이동했다.

"아카보시. 너에게 내 순화검의 모든 걸 전수해주겠다. 각오는 되었나."

"……으에에에엑?! 나, 나?!"

"그렇구나…… 비스코가, 요우칸 님의 기술을!"

"바보바보바보! 그렇구나, 가 아니라고!"

파트너의 포니테일을 잡은 비스코가 귓가에 대고 외쳤다.

"이 두 자루는 장식이야. 나는 도를 다루는 법 같은 건!"

"도 같은 건 장식이라도 상관없다. 무기가 필요하다면, 양손

양발이 무쌍의 손발톱이 되겠지."

들은 대로 양손을 봤다. 반고양이가 된 비스코의 양손은 확실히 바위조차 찢어버릴 수 있는 강인한 손톱이 나 있었다.

"나, 아니, 짐에게도 백성을 지키는 사명이 있으니 봐줄 수는 없다. ……흠. 아니면 겁을 먹은 거냐? 자랑하는 활이 아니라면 승부에는 나서지 않겠다고 말하는 건가."

"뭐! 이 자식……."

"버섯지기라고 말하는 것치고는 도량이 좁구나. 이런 이문화를 두려워해서 물러나서는, 멸망하는 것도 시간문제겠지……."

"말했겠다, 요우칸. 너 이 자식!"

비스코는 송곳니를 드러내며 쇼군에게 달려들었다!

"좋다 이거야. 걸어오지 않더라도 싸움은 받아주는 게 버섯지기다! 그렇게까지 말한다면 받아주마! 부상자라고 해서 봐주지는 않을 거니까!"

"받아들인다고 했겠다?"

"끈질겨. 고양이!"

"잘됐군."

요우칸은 진지한 표정에서 돌변하여 씨익 웃었다.

빠콩!!

그리고 눈에 보이지 않는 박치기를 비스코의 미간에 먹혔다! 그건 그야말로 눈 깜빡할 사이에 이루어졌기에, 미로의 시선을 통해서는 그야말로 한순간에 비스코가 졸도한 것처럼 비쳤으리라.

"무, 무슨 짓을?!?!?! 요우칸 님?!"

"순화검, 『쇠망치 머리』. 살기를 없앤 박치기 기술이기에 아카보시도 피할 수 없었겠지."

"그런 게 아니라요! 방금 검을 가르쳐준다고 했었잖아요!"

"거기, 깨우지 마라. 그 사전 준비를 한 거다."

요우칸은 미로를 제지하면서 기절한 비스코를 천천히 들여다보고는 기를 집중해서 주변의 순화 입자를 불러일으켰다. 순화 입자는 요우칸의 의지에 호응하여 반짝반짝 붉게 빛나면서 비스코의 고양이 귀 안으로 스르륵 들어갔다.

"아무리 아카보시에게 소질이 있다고 해도, 순화검은 현실 시간으로 한나절 사이에 익힐 수 있는 게 아니다. 지금부터 하는 수행은, 아카보시 자신의 『꿈속』에서 한다."

"꿈속에서, 수행을?!"

"순화검, 『환어단(幻魚鍛)』의 오의다. 한나절의 수행이라면 거의 반년을 단련한 것과 똑같은 효과를 얻겠지. 그러나 그동안에는, 당연하게도……."

요우칸이 시선을 돌리자, 미로도 순간적으로 그 의지를 파악했다.

"두 사람은 무방비해진다?"

"그래."

요우칸은 암실에서 멀리 떨어진 황금의 빛을 응시했다. 키노코성은 새벽의 빛에 떠밀린 듯이 성큼성큼 걸어서 묘마성 아랫마을을 짓밟으며 어딘가로 향하고 있었다.

"나를 노리고 있는 거다. 위치를 들키는 것도 그리 먼 이야기는 아니겠지. 우리를 지킬 자가 없다면, 둘 다 어쩔 도리 없이 짓밟힐 거다."

"맡겨주세요. 요우칸 님!"

무모한 사명이기에 말을 흐린 요우칸을 향해 미로가 크게 목소리를 높였다.

"제가 아마쿠사와 저걸 끌어들일게요. 두 사람을 방해하게 두진 않겠어요."

"무리한 부탁이라는 건 알고 있다. 아마쿠사만이 아니라 그 티롤 공주라는 인간에게도 상당한 법력이 있더군……. 모두가 달려든다면 아무리 너라도."

"요우칸 님은, 저를 얕보고 계시네요."

그때까지 놀라기만 했던 미로의 표정이, 요우칸 앞에서 여유로운 미소를 보이며 반짝였다.

"무리한 일이 아니에요. 저에게는 이미 시나리오가 보여요. 『고양이』에겐 없고 『인간』에게만 있는, 그걸 쓰는 거예요."

"흠. 그건 뭐냐?"

"학력이죠."

자신만만한 말. 약간 멍해진 요우칸에게 미로가 이어서 말했다.

"쓰러뜨리는 건 무리라도, 흘려버리는 건 맡겨주세요. 괜히 『네코야니기』 미로가 아니거든요!"

＊＊＊

찰박.

한 방울, 낙숫물이…….

자신의 코끝에 떨어지자, 꿈결 속에 있던 의식이 갑자기 되돌아왔다.

온몸이.

삐걱삐걱, 찌르듯이 아프다.

'……뭐야 이게? 못 움, 직이나?'

뺨에 닿은 축축한 흙의 감촉. 어딘가 뒷골목인 모양이다.

비스코는 몸의 아픔을 어딘가 남 일처럼 느끼면서 고개만 어찌어찌 움직여 흐린 하늘을 올려다봤다.

"……오, 나리. 이 계집……!"

시야 끝에 있는 관리로 보이는 복장의 수컷 고양이가 비스코의 시선을 되짚었다.

"살아있습니다. 이쪽을 보고 있어요."

"아직, 숨이 있는가."

나리, 라고 불린 것은 아랫마을에 어울리지 않는 차림새를 한 마을 도신(同心)[#10]이었고, 쓰러진 비스코의 주변을 들여다보는 관리는 아무래도 그 수컷의 부하인 모양이었다.

"묘마의 진드기가. 밥줄도 끊긴 도둑 주제에 끈질김만큼은 어엿한 고양이 같군."

"하마터면 죽일 뻔했습니다. 나리, 어서 의사에게……."

#10 도신(同心) 에도 시대의 경찰관과 비슷한 하급 관리.

"잠꼬대 같은 소리 하지 마라."

도신은 냉혹한 말로 부하에게 일갈하고는 차가운 시선을 비스코에게 보냈다.

"이렇게까지 상처가 난 몸을 의사에게 데려가 봐라. 우리가 악랄하다는 시선을 받지 않겠느냐."

"하, 하지만, 아직 아이……."

"이자는, 우리의 빈틈을 찔러 날불이를 빼앗으려 들었기에— 어쩔 수 없이 베었던 거다."

도신이 그렇게 말하자, 관리들은 말문이 막혀서 할 말을 잃었다.

"부교에게는 그렇게 말씀드린다. 죽여라."

'잠꼬대, 같은 소리를, 지껄이는 건……!'

비스코는 서서히 몸에 힘을 주고는 그 손톱으로 주변 관리를 휩쓸어버리기 위해, 흐트러졌던 정신을 집중했다.

'네놈이다. 후회나 하시지!'

"거기서, 무엇을 하느냐!"

'으오?'

골목 입구에서 화살 같은 목소리가 날아들었다.

그 너머에 의연하게 선 것은…….

전신을 검은 털로 감싼, 파릇파릇한 눈동자의 젊은 사무라이였다.

'……요우칸?'

"이 꼬마는 뭐야?"

관리가 성큼성큼 도신의 앞에 나왔다. 그 말대로, 비스코가 아는 요우칸의 용모보다 압도적으로 젊게 보였다.

"검은 고양이 따위가 도신님의 행사를 방해하느냐. 너도 얻어맞고 싶으냐."

"상대는 나이도 얼마 되지 않는 여자로 보인다. 굶주림을 견디기 위한 생선 한 마리의 잘못을, 어째서 용서하지 않느냐? 그것이 마을 도신이 할 일이냐."

"금 100냥이든 생선 한 마리든, 도둑인 건 변함없다!"

관리들이 허리의 도를 일제히 스르륵 뽑아 들었다.

"묘마의 질서 앞에서는! 어떠한 자유도 버려야만 하는 거다!"

"뽑았나. 어리석은……!"

관리의 노기에 직면한 요우칸이 허리에 빛나는 명도·킨츠바에 손을 댔다. 그 광채를 본 순간, 지금까지 실며시 웃고만 있던 도신의 표정이…….

"……저, 저 도는!"

확 돌변했다.

"자, 잠깐잠깐잠깐! 다들 대기하라! 바보 같은 것들. 어서 도를 집어넣어!"

""예?!""

"저 빛나는 금색 코등이는, 야츠하시 쇼군가의 증표. 후사, 야츠하시 요우칸 님이 틀림없다!"

도신이 얼드리는 것을 본 부하들도 「아무래도 터무니없는 분이다」라는 걸 알았는지 마찬가지로 추하게 머리를 조아렸다.

"지, 지금부터 이 계집을 의사에게 데려가려고 했습니다만. 이자들이 전혀 힘 조절을 하지 않고 정말로 무례를—."

"이제 됐다. 흩어져라."

"저기. 이 일은, 라쿠간 쇼군께는……."

"흩어지라지 않느냐!!"

검은 고양이가 일갈하자, 「히야악」 하고 공포에 질린 폭력 포졸 일행은 앞다투어 옆을 빠져나갔고, 얼굴을 숨기면서 모마의 거리로 도망쳤다.

잠시 뒤…….

요우칸은 조용히 쓰러진 비스코에게 걸어와서 흙에 무릎을 꿇고 눈앞에 얼굴을 내밀었다.

"참으로 끔찍하군. 기다려라. 지금 치료해주마."

"기다, 려……."

열에 시달리는 듯한…….

"나는, 자유로워, 질 거야. 이런, 감옥 같은 인생에서……."

여자의 목소리가 나왔다. 비스코는 그것이 자신의 몸에서 나왔다는 것을 한동안 깨닫지 못했다.

"모두가 부러워할, 금으로 가득한 세상에서. 나는……."

"말하지 마라. 상처가 벌어진다……. 좋아. 뼈는 붙였다. 지금 저택으로 돌아가서 의사에게 보인다면."

요우칸의 등에 업히자, 「윽」 하는 짧은 비명이 나왔다.

"아프냐?"

"시끄, 러워……."

"좋아. 그 마음가짐이다. 그대, 이름은?"

"나, 는."

이 녀석에게는.

이름을 말해도 되겠다……. 비스코의 정신은 그런 신기한 마음을 느꼈다.

"겟페이. 아마쿠사 겟페이……."

"겟페이. 한동안 저택에서 요양하거라. 마음에 들지 않는다면 뜻대로 나가고."

삐익~, 요우칸의 손피리가 애마 호쿠사이를 불렀고, 그는 겟페이를 업은 채 재주 좋게 그에 올라탔다.

바람처럼 달리는 호쿠사이의 등에 흔들리면서, 비스코는.

'아마쿠사, 겟페이.'

자신이 댄 이름을 반추하며 「으~음」 하고 정신 속에서 고개를 갸웃했다.

'나는 지금, 겟페이 안에 있는 건가. 과연, 그런 일도 있겠지.'

그런 일도 있겠지, 라니.

아카보시 비스코. 상당히 달관한 마음가짐이었다.

단지.

'고양이라고는 해도, 여자 몸속에 들어와 있는 건, 조금…….'

아무래도 거북함을 씻을 수 없었지만, 무슨 일이건 핵심에 다가갈 때 나오는 비스코 특유의 직감이 그를 차분하게 만들어줬다.

한 번 심호흡, 명상을 한 뒤…….

비스코는 아마쿠사 겟페이의 과거를 마주하며 그 마음 안으로 천천히 녹아내렸다.

8

『쿠 구 구 구 ~ ~ 웅 ! 』

묘마성 아랫마을을 성큼성큼 짓밟으면서 나아가는 외눈 키노코성의 위용!

성 아래의 고양이는 모두 대마종의 음파로 인해 키노코가 되어버렸기에 이미 비명을 지르는 건 한 마리도 없었다.

그뿐만 아니라.

"뭐야, 뭐야."

"쿠구구궁!"

"위험해!"

"크지 않아?"

"어?"

"춤추자."

그 행위에 맞춰서 우글우글 발밑에 모여든 키노코들이 축제 기분으로 춤추고 있을 뿐이었다.

사선·아마쿠사 겟페이는 키노코성의 샤치호코를 베개 대신 삼아서 그 모습을 내려다보면서…….

"아아아아, 정말. 시끄러—워! 잠을 잘 수가 없잖아요!"

후아암 하고 입을 크게 벌리며 하품했다.

야행성 고양이인 아마쿠사에게 낮인 지금은 수면을 취하며 선력을 회복할 때이지만, 키노코성은 그 거대함 때문에 온몸에 지혜가 돌지 않는지, 대략 세 걸음마다 행선지를 잊어버리기에 섣불리 잘 수도 없었다.

『으~~음. 어디였더라?』

"저쪽이에요, 저쪽! 오반산 쪽. 저곳에서 요우칸의 기척이 느껴져요……. 나 이거 2분에 한 번은 말하고 있지 않나요? 넌 대체 뇌가 얼마나 작은 거야!!"

『아이 아이 맴!』

이렇게 움직일 때는 기운차지만, 키노코성은 파수대 같은, 조금이라도 높은 것이 있는 게 마음에 안 드는지.

『쿠궁!』

종종 손에 든 대마종을 휘둘러서 부수고, 그게 또 굉장한 소리를 내고 있는지라 아마쿠사는 전혀 마음 편히 쉴 수가 없었다.

"아~~ 안 되겠어. 나 우울해질 것 같아요. 조금은 자야……. 거기 계집애야!"

"……."

호출받은 티롤 공주는…….

한 지붕 아래에서 열심히 금화를 세면서 자신의 옷 안에 쑤셔 넣고 있었다. 황금의 반짝임을 얇은 가슴 속에 채워 넣을 때마다 고양이 귀가 떨리고, 꼬리도 기쁨에 날뛰었다.

"대체 얼마나 돈의 망자인 거야! 야 인마!"

"앗! 아앗. 돌려줘요. 내 거에요!"

"돌려주고 자시고 원래 내 거거든요. 당신, 이 소란이 아무렇지도 않나요?!"

티롤은 네 개의 귀에서 귀마개를 쏙쏙 뽑았다.
“왜 그러시나요오? 아마쿠사 님.”
그리고는 그야말로 귀찮은 듯 물었다. 아마쿠사는 그 해파리의 머리 꼭대기를 찰싹 후려쳤다.
“청각 오프하지 말라고! 알겠어요? 나는 이제 선력이 한계예요. 초신시를 맡길 테니까, 키노코성은 네가 움직이세요.”
“에엑—?! 제가 말인가요?!”
“어머, 내가 능력을 인정해줬잖아요. 보람 넘치는 일이에요.”
“시급은?”
“너……!!”
빠꿈!!
묘마국을 뒤흔드는 강렬한 발아음이 티롤을 붙잡으려던 아마쿠사의 손을 멈췄다. 고개를 홱 돌린 두 사람보다 늦게, 키노코성도 스으으윽 그쪽을 바라봤다.
“저건……?”
『뭐냐아~~!』
햇살에 비쳐…….
장대하게 뻗은 새송이버섯. 높이로 따지면 실로 키노코성 이상으로 자라난 그것은 두 개, 세 개 연이어서 작렬하며 성 아랫마을에 거대한 갓의 그림자를 드리웠다.
“크기만이라면!”
새송이버섯 위에서 청량한 목소리로 외치는 한 사무라이가 있었다. 가래나무 활을 당긴 미로가 새송이버섯을 또 하나 빠꿈 피워내고 풍압에 맞아 포니테일을 휘날리면서…….

"이쪽이 더 크다고. 키노코성!"

묘하게 즐거운 듯 말했다. 한편, 아마쿠사 겟페이는 「치잇. 다른 쪽 인간이네요」라고 혀를 차면서 키노코성을 내려다봤다.

"하지만 큰 게 뭐 어쨌다는 거죠? 크기만 한 남자는 미움받는다고요. 오호호호……."

『우 으 으 ~ ~ ! 』

"응?! 앗, 너 설마?!"

『건방져~~!』

아마쿠사에게 실수가 있었다면, 그건 키노코의 단순함·우직함을 얕봤다는 점이다. 자기보다 키가 큰 버섯이라는 것만으로도 키노코성의 외눈이 활활 타올랐고, 분노한 나머지 갓에서 증기조차 분출하고 있었다.

"잠깐, 바보바보바보바보 그쪽은 반대야! 우선 요우칸을 처리—."

『푸슈—우욱!!』

""앗뜨거어어—!!""

암컷 두 명이 증기에 그을렸다! 키노코성은 지금까지의 둔한 걸음이 거짓말인 것처럼 성큼성큼 걸어가서 그 기세를 싣고 『쿠궁!』 하고 새송이버섯에 대마종을 내리쳤다.

그 어마어마한 괴력! 쿠아아아아앙, 하고 울리는 종 아래에서 거대한 새송이버섯이 분쇄되어 사방으로 흩어졌다. 한편 갓에서 후방으로 뛰어 물러난 사무라이·네코야나기는 더욱 후방에 다른 새송이버섯을 피워내서 키노코성을 유도했다.

“이 녀석을 떼어놓을 심산이에요. 저 망할 꼬마, 어째서 키노코의 특성을 아는 거죠?!”

“어째서고 자시고, 저쪽은 프로니까요.”

“입 다물어요! 넌 대체 누구 편이죠! 이런, 아무튼 키노코성을 달래야겠어요. 하지만 저 꼬마를 내버려 뒀다가는…….”

키이잇, 하고 손톱을 깨문 아마쿠사는 문득 옆에서 고양이 귀를 퍼덕이는 반고양이 티롤에게 시선을 옮겼다.

“맞아요. 네가 저 녀석을 상대하세요.”

“……네에?!”

티롤은 하품조차 치워버린 채 아마쿠사를 돌아보더니 매달리듯 외쳤다.

“무, 무리무리무리!! 평범한 상인…… 아니, 공주님이 인간 최강 중 한 명에게 당해낼 리가 없잖아요! 이것만큼은, 아무리 그래도 무리예요!”

“대답은 묻지 않았어요.”

하얀 고양이의 표정이, 지금까지의 다급한 모습에서 확 변하여 사선의 표정이 되었다. 손가락을 「꾸욱」 굽히자, 티롤이 목에 걸린 방울이 부르르 떨리더니…….

“앗, 안 돼……!”

『딸랑딸랑』 하는 강렬한 소리를 내기 시작했다. 티롤은 순간 전신에 식은땀을 흘리면서 귀를 막고 버둥거렸다.

“으아아아아아—!!”

"오—호호호호호! 이제 너는 볼일이 끝났어요. 짐승성을 한계까지 해방해드리죠."

으드드득, 하고 악문 티롤의 송곳니가 자라고, 손톱이 한층 날카로워졌다. 금색 고양이 눈은 더욱 흉포해졌고, 해파리 머리는 각각이 사냥감을 찾는 뱀처럼 휘날렸다.

"빌어먹게 굉장한 힘이잖아요. 이렇게 되면 그냥 네코마타[#11]네요."

"커…… 커헉……! 갖, 고 싶어……."

"저기 신선하고 젊은 고기가 있어요. 처치한다면 품삯도 많이 쳐주죠."

"고, 기. 돈—!!"

휴웅!!

티롤은 짐승 그 자체가 되어 키노코성 지붕을 박차고 자유자재로 공중을 나는 미로를 향해 질주했다. 네 발이 공중을 밟을 때마다 금색 입자가 금화가 되어 발판을 만들었고, 티롤은 금화가 이어진 발판 위를 내달렸다.

"앗!"

새송이버섯 위에서 가래나무 활을 당기던 미로는 커브를 그리며 자신을 쫓아오는 금화길을 포착했다.

"티롤!"

"야옹—!!"

'빨라!'

#11 네코마타 고양이가 변해서 생기는 요괴.

즉시 에메랄드 큐브를 번쩍여서 장벽의 진언을 눈앞에 전개했다.

이미 금화를 박차고 도약한 티롤은 날카롭게 뻗은 손톱을 태양빛에 번뜩였고.

"야옹!"

슈팡!

"앗! 아뿔싸!"

미로를 덮치는 척하고는 아래에 있는 새송이버섯의 줄기를 갈랐다. 새송이버섯의 섬유는 상처 부위에서부터 찌지직 찢어졌고, 갓이 쿠우우웅 하고 지면에 쓰러졌다.

"오—호호호!! 제법이잖아요, 계집!"

아마쿠사는 기분 좋게 발밑의 키노코성에게 말을 걸었다.

"자, 방해되는 버섯은 쓰러졌어요. 이제 당신의 적은 없다고요."

목소리는 손바닥의 초신시를 통해 키노코성에 울렸다.

『내가, 제일인가?』

"절대무적의 빌어먹을 최강이죠. 그러니까 돌아가요. 네?"

『으~~음.』

'큰일이야. 저것의 발을 묶지 않으면 비스코가!'

"야옹—!"

"와앗."

까킹, 까킹, 까킹!!

성 아래의 지붕으로 내려온 미로에게 티롤의 손톱이 계속해서 덮쳐왔다. 미로의 소태도로도 호각의 조격, 원래 초상적인 힘이 없던 티롤의 몸에 대체 어떤 힘이 내려온 걸까?

"초신력을 쓰고 있구나. 굉장해, 티롤! 뭘 믿고 그렇게까지……."

"돈—!!"

"그렇구나?"

"쫄래쫄래 혼자 나타나더니 운이 다했네요!"

사선 아마쿠사는 승리를 뽐내며 샤치호코 위에서 오호호호호 비웃었다.

"동료인 계집에게는 함부로 상처를 줄 수 없겠죠. 반면, 계집의 본능은 지금 짐승으로 전락했어요. 너를 찢어버리는 데 아무런 주저함도 없다고요!"

"이성의 조각도 없어?"

"바로 그거예요. 이미 정에 호소해봤자 늦었다고요!"

"그건……."

큐브를 회전시키는 미로를 향해 티롤이 송곳니를 드러내며 덤벼들었다!

"좋은 걸 들었네."

"야오옹—!!"

콰직!!

위아래 송곳니가 맞물리는 경쾌한 소리가 들렸다. 아마쿠사는 몽롱하게 눈을 뜨면서 목덜미에서 피를 내뿜는 미로의 모습을 보기 위해 몸을 내밀었고…….

그러나.

"뭐엇?!"

"냐냐—!!"

티롤의 송곳니가 물어뜯은 것은, 미로의 목이 아니었다.

미로의 주변에는 지금, 에메랄드처럼 빛나는 수많은 나비가 하늘하늘 날면서 반짝이는 인분(鱗粉)의 궤적을 뿌리고 있었다. 티롤의 송곳니는 미동도 하지 않는 미로가 아니라, 그 나비를 물려고 하고 있었다.

"미야옹!"

콰직, 콰직!

한 마리를 붙잡자, 나비가 또 한 마리.

미로의 주변을 무아지경으로 맴도는 티롤을 본 아마쿠사가 멍하니 입을 벌렸다.

"뭐, 뭣…… 뭘 하는 거야 재는! 멍청이야?!"

"나비에 피의 향을 섞었거든."

손목에 남은 도상을 의기양양하게 보여준 미로의 시선이 번쩍였다.

"이 진언 나비는 맹수의 수렵 본능이 최우선으로 덮치게끔 만들었어. 티롤의 이성이 조금이라도 남아있었다면 위험했겠지만. 네 덕분이야."

"키이이잇—!! 저 꼬마가!"

"자!"

나비를 쫓는 데 정신이 없던 티롤이 무방비하게 목덜미를 드러낸 빈틈을 찔러서, 촤악! 하고 일섬. 미로의 소태도가 목에 걸린 방울만을 훌륭하게 떼어놨고, 회수하는 힘으로 두 쪽으로 갈라버렸다.

"읏?! 야오옹."

풀썩, 하고 몸의 균형을 잃은 티롤을 곧장 안아줬다.

"옳~지옳지. 무서웠지? 티롤. 이제 괜찮아."

"으먀아~~."

판다 의사의 교묘한 손놀림이 고양이의 목덜미를 어루만지자, 티롤도 목을 고롱고롱 울면서 미로에게 몸을 맡겼다.

그리고 「야옹」 하고 울고는 미로의 목을 빙글 휘감으면서 금색 눈으로 아마쿠사를 노려봤다.

"……과연?"

네 개의 눈동자가 노려보자, 하얀 고양이는 정색하면서 입을 열었다.

"다정한 주인님에게 전향한다는 건가요. 역시 미천한 인간. 은혜를 모르는 것도 잘 어울리네요."

"후욱—!!"

"나는 어째서 이렇게 고독한 거죠? 역시 너무 아름다운 게 문제인가 보네요. 추워요. 온기가 필요해요. 혈통서 붙은 수컷을……."

"지금이라면 늦지 않았어. 초신시를 돌려줘, 아마쿠사 겟페이!"

하얀 고양이를 올려다보며 소태도를 내민 미로가 크게 외쳤다.

"그건 야망이나 정의로 다룰 수 있는 게 아니야. 그 이상 힘을 모았다가는, 너 자신이 너의 소원에 먹히고 말 거야!"

"훌쩍, 훌쩍……. 나, 난 이렇게나 심한 짓을 했는데. 그런대로 배려해주는 건가요. 나를……."

아마쿠사는 훌쩍훌쩍 눈물을 흘리면서 초신시를 손바닥 위에 띄웠다.

"어쩜 그리도—."

그리고 지붕에 콱 꽂고는.

"쓸데없는 참견을 하는 거냐 이 빌어먹을 꼬마아아!!"

키노코성의 외눈이 전격적으로 뜨이더니, 거대한 대마종을 성 아래에 내리쳤다!

두 사람은 투쾅! 하고 부서지는 지붕에서 즉시 도망쳤지만, 착지를 노린 왼손 스트레이트에 반응이 늦었다.

""장벽!""

에메랄드와 황금의 벽이 겹치면서 즉시 몸을 지켰다. 키노코성의 인지를 초월한 괴력은 손쉽게 그걸 깨버렸다. 두 사람은 후방으로 크게 밀려나서 간발의 차이로 낙법을 취했다.

"뭐야?! 키노코성이 갑자기 빨라졌어!"

"야옹."

"응? 아마쿠사가 전력을 다하고 있다고?!"

"야옹."

"초신시를 안테나로 써서 법력으로 조종하는 거구나! 그래서 저렇게 민첩하게……."

"야옹."

"아마쿠사 본체를 치지 않으면 키노코성은 멈추지 않지만, 그렇다고 키노코성을 무시하고 머리에 있는 아마쿠사를 노리기는 힘들다고?! 참고로 말하면, 아마쿠사가 좋아하는 건 전갈꿀 몽블랑이라고 본인은 말했지만, 사실은 가다랑어 젓갈—."

"콩트를 벌이지 말라고—!!"

아마쿠사가 맺은 인과 외침에 응해서 초신시가 빛났다!

"초신력· 금광섬(金光閃)(골드 레이)!"

확 부릅뜬 외눈에서 황금의 열선이 나와 성 아래에 꽂혔고, 완만한 커브를 그리며 연속적인 작렬을 일으켰다. 폭발은 황금 가루와 함께 날아간 것들을 족족 황금으로 바꿨다.

"냐아—!! 돈!"

"나중에 해, 티롤! 우선은 저 녀석을 쓰러뜨리자!"

"야옹!"

티롤이 공중에서 손톱을 휘두르자 금화의 길이 공중에 주르륵 나타났고, 미로는 그곳을 질주하면서 가래나무 활을 몇 발씩 날렸다. 빠꿈, 빠꿈! 에메랄드색 버섯이 수없이 피어나 키노코성을 뚫고 나왔지만, 정작 키노코성은 조금 흔들렸을 뿐 신경 쓰는 기색도 없었다.

"바보 녀석. 초신력 버섯에게 다른 포자가 당해낼 수 있을 것 같으냐. 잿더미나 되어라!"

『우 오 오 .』

"초신력· 금종포(金鐘砲)(골든 벨)."

『오 ~ ~ ~ ! 』

대포처럼 든 대마종에서 퍼어어엉! 하고 공기를 가르는 금색의 포탄이 수없이 발사되어 금화 발판을 부쉈다.

"할 수밖에 없어. 가자, 티롤!"

"야옹!"

미로와 티롤은 마지막 발판을 박차고 키노코성 머리 위 높이 뛰어올랐고, 푸른색과 핑크색 머리가 태양빛에 닿아 반짝 빛냈다.

온 울 비비키 스나우
"won/ul/viviki/snow!"

냥 냐다 냐비키 스먀우
"nyan/nyad/nyaviki/smyaw!"

진언과 묘언, 두 개의 주법이 녹과 순화를 융합시키면서 미로의 큐브를 황금색으로 바꿨다. 황금의 큐브는 그대로 미로의 양손에서 무기가 되어 구현됐고—.

"건곤!"

""금강칠지도(金剛七支刀)!!""

날 길이 4미터는 되는 여섯 개의 가지 칼날이 달린 거대한 황금도가 되어 나타났다.

"그게 어쨌다는 거냐아!"

아마쿠사가 법력의 여파로 혈관을 내비치면서 외쳤다.

"허세나 부리기는. 크다고 다 강한 게 아니라고. 멍청한 놈아!"

""네가 말하지 마!""

"먹어라아."

굉음을 내며 덮쳐오는 금종포탄을 황금도로 촤악! 하고 쓸어버린 미로와 티롤은 그대로 키노코성을 향해 강하했다!

"건! 곤!"

""금강칠지도오오오—!""

좌아악!!

황금 일섬.

키노코성을 대각선으로 베어버린 필살의 칼날이 비스듬한 일자의 궤적을 그리며 빛났고—.

쿠구, 구.

"마, 말도, 안 돼요……."

쿠구구구구구구.

"내가. 이, 내가, 이런……!!"

쿠우우우우우우우우웅…….

키노코성의 상반신이 버터처럼 미끄러지며 그대로 지면에 무너졌다. 갓을 잃은 하반신도 실이 끊어진 것처럼 앞으로 쓰러졌다.

한편 미로는 착지 직전 만가닥버섯 화살촉을 수리검으로 날려서 퐁, 하고 피어난 기세로 두 사람의 몸을 받아냈다. 만신창이인 두 사람은 데굴데굴 굴러서 건물 벽에 부딪혀 겨우 멈췄다.

"허억, 허억, 허억! 해냈어, 티롤!"

"냐오오오옹……."

"바로 되돌려줄 테니까 괜찮아! 바로 초신시를 되찾아서……."

"……냐…… 냐오아?!"

"티롤?!"

"냐아아아—! 냐, 냐아아!"

티롤이 파닥파닥 몸짓으로 뒤를 가리키자, 미로가 의아한 듯 돌아봤고…….

그곳에는.

"훌쩍, 훌쩍…… 이런 일이……."

"서…… 설마, 그럴 수가!"

"이런 너무한 일이 또 있을까?"

두 사람을 가리는, 거대한 그림자.

두 사람의 술식을 겹쳐서 쓰러뜨렸던 키노코성은…….

지금, 그 몸통을 맹렬한 스피드로 재생하고 다시 일어나서 원래대로, 아니 더욱 거대한 몸으로 변해가고 있었다.

"티 없는 소년과 소녀가. 모처럼 전력을 다해 날린 오의였는데. 쓰러뜨리기는커녕."

냐아아아아, 하고, 하얀 고양이의 얼굴이 유열에 일그러졌다.

"늘려버리다니 말이야."

아마쿠사가 맺은 인에 응한 초신시의 광채가 늘어나자, 놀랍게도 쓰러진 하반신도 천천히 일어나 원래의 갓까지 재생하기 시작했다.

무시무시한 초신력 포자의 위업이었다.

"냐이이잇!"

"아—, 하하하하! 무서운 거냐! 엎드려라, 꼬마들아!!"

쿠우우웅, 하고 인왕처럼 가로막은 두 대의 키노코성이 내려다보자, 미로는 겁먹은 티롤을 감싸며 이를 악물었다.

『쿠 구 구 궁 . 』

『쿠 구 구 궁 . 』

"나도 몰랐어……. 내 안에 이런 힘이 있다니."

아마쿠사는 초신시를 사랑스럽게 어루만지더니 승리를 뽐내듯 말했다.

"영광으로 생각해라. 자유의 발판이 되는 것을. 짓밟혀 단단해진 너희의 위를 영원히 밟으며 걸어주겠어."

9

빗으로 열심히 털을 가다듬었다.

연지를 발랐다.

목걸이를 목에 걸었다…….

거울에 비친 자신의 모습을 본 겟페이는 겨우 납득이 간 듯 끄덕였다.

자타 공인, 견줄 고양이가 없다고 하는—.

훌륭한 미모였다.

상처투성이로 저택에 업혀 온 것은 이미 4년 전.

키도 많이 자랐고, 하얗고 매끄러운 털도 풍성해졌다. 지금은 그 꾀죄죄한 도둑고양이의 흔적은 어디에도 없다.

'……늦네.'

'이런 예쁜 아내를 내버려 두고 잘도 연습만 한다니까……'

'……'

'과자라도, 가져가면.'

'그 사람, 먹을까……'

생각하면 바로 행동하는 게 겟페이다.

쟁반 위에 과자를 담아 재주 좋게 한 손으로 들고는 시종도 데리고 가지 않고 방을 나섰다.

최근에는 고양이 혀에 맞춰서 차도 미지근하게 타게 되었고, 기모노의 맵시도 남만 화장품을 다루는 법도 완전히 익숙해졌다.

예전에는 괴죄죄한 계집이라며 눈살을 찌푸리던 궁녀들도 지금은 겟페이의 아름다움 앞에서 저도 모르게 말을 잃고 재빨리 길을 비키고 있다.

겟페이는 그것들을 「흥」 하고 곁눈질하고는 저택 구석에 있는 수련장으로 향했다.

서걱!

그런 경쾌한 소리가 들렸다.

수련장에서는 절단면이 매끈한 대나무가 수없이 굴러다녔다. 로주·시바후네가 지켜보고 있었기에 겟페이는 슬쩍 숨었다.

'요우칸……'

중얼거리면서 한동안 시선을 빼앗겼다.

서걱!

"훌륭하십니다. 이번에도 일곱 개를 베셨군요. 순화검의 면허개전도

가깝겠습니다."

"뭐가 말이냐. 대나무 상대이건만. 대련이 없다면 실력으로 이어지지 않아."

"그렇게 말씀하셔도, 이미 도련님을 당해낼 자는…… 어라, 부인!"

할아범이 바라보자, 겟페이는 움찔 몸을 떨면서도 사뭇 당연한 듯이 수련장으로 들어왔다.

"오늘은 굉장히 몰두하고 계시네요. 휴식하시는 게 어떤가요? 과자를 가져왔답니다."

"흠. 과자를?"

"이것 참, 남만의 세련된 과자로군요. 도련님!"

시바후네는 어린애처럼 좋아하면서 세련되게 담은 마카롱을 거칠게 잡아 와구와구 먹기 시작했다.

'이 녀석!'

노골적으로 인상을 찡그린 겟페이 앞에서…….

"맛있군! 이것 참, 눈치도 빠르시고 기량도 다른 고양이의 두 배. 이런 부인이 마중을 나오다니, 도련님은 참 행복하시겠습니다."

"어머. 싫네요, 할아범. 사실만 말씀하시다니…… 오호호호……."

"음. 맛있군. ……그런데 할아범."

"어라라라. 이거 실례했습니다."

할아범은 뭔가 착각했는지, 씨익 웃으면서 스르르륵 두 사람에게서 멀어졌다.

"한동안 아무도 들어오지 못하게 할 테니. 느긋하게 보내시길……."

"아, 아니, 할아범. 아니다. 내일 있을 대련의—."

"그럼, 실례."

탕! 하고 경쾌하게 문이 닫히자, 이후에는 요우칸과 겟페이 두 고양이만 남았다.

"……."

"……."

"나, 날씨가, 참 좋네요……."

"음. 그렇군."

"저기, 어어……."

"……."

"죄송해요. 저……."

"이제 할아범은 없다. 무리해서 그런 말투를 쓰지 않아도 된다. 겟페이."

"……요우, 칸……."

"무슨 일이냐. 그렇게 떨다니—."

"요우칸!"

겟페이는 목소리의 떨림을 멈추지 못하고 저도 모르게 요우칸에게 뛰어들었다. 요우칸은 아내의 그 모습에 놀랐지만, 결코 섣불리 뿌리치지 않고 검은 털로 감쌌다.

"요우칸……! 무서워. 나, 무서워……!"

"다부진 너에게는 어울리지 않는구나. 이제 너를 위협하는 자는 아무도 없어."

"내가 아니야. 당신이!"

눈물이 흘렀다.

"라쿠간 쇼군은, 조만간 8형제 중 누군가를 후계자로 삼아 선양한다고 했어. 그게 만약 당신이 아니라면……. 우리, 대체 어떻게 되는 거야?!"

"—."

"당신이 아닌 누군가가 후계자가 된다면 우리도, 묘마도 끝장이야. 다들 쓰레기뿐이잖아. 부패한 질서 위에서, 재능 있는 고양이는 짓밟힐 거야!"

"설마. 재능 있는 고양이가 짓밟힐 리가 있느냐. 형님들은—."

"당신이 그렇잖아!"

비통한 외침이었다.

"용서할 수 없어. 당신처럼 강한 고양이가 굴욕을 참아야 한다니. 어째서 그저 형이라는 것만으로, 당신이 그 우매한 7형제에게 멸시를 당해야 하는 건데."

아내가 격정적이라는 건 알고 있었지만, 이번에는 그게 매우 이질적이었다. 분통, 분노, 슬픔, 사랑— 다양한 감정이 소용돌이치며 요우칸의 마음에 닿았다.

"저기, 요우칸. 도망치자. 후계자 같은 건 아무래도 좋잖아. 둘만 있다면 새로운 나라도 세울 수 있어. 당신을 위해서라면 나, 목숨을 걸어도 좋아—."

요우칸은.

말을 꺼낼 수가 없었다. 이 자리에서 뭔가, 말을 해야 한다. —그건 알고 있었지만, 겟페이의 마음을 녹일 말을 결국 찾을 수가 없었다.

한동안…….

침묵이 이어진 뒤.

"……미안, 해요. 이상한 말을 해버렸네요. 열이 있는 걸지도."

"겟페이."

"괜찮아요."

눈물을 닦은 겟페이는 평소의 요염한 아름다움을 되찾았지만.

"숙녀가 흐트러지다니, 부끄러운 모습을 보였네요. 목욕이라도 하지 않을래요? 등을 밀어드릴게요……."

요우칸은 그 두 눈 안쪽에 품은 비장한 결의를 강하게 느끼고 있었다.

＊＊＊

"참으로 극상의 여자로다—."

침소였다.

어둠 속에서 행등의 불빛에 비친 7대 쇼군·라쿠간은 만족스러운 목소리를 냈다.

"이 라쿠간, 별의 숫자만큼 여자를 상대해왔지만, 오늘만큼 충족된 적이 없었다."

"어머. 라쿠간 님은 말씀이 능숙하시네요—."

"빈말인 것 같으냐."

겟페이는 드러난 피부를 얇은 이불에 숨기고 거대한 호랑이인 라쿠간의 목을 어루만졌다. 호랑이는 「크르르르릉」 하고 만족스럽게 울었고, 호흡할 때마다 다부진 흉판이 오르내렸다.

"아들의 아내로 두기에는 아깝구나."

"라쿠간 님. 그 남편에 대한 건, 부디―."

"알고 있다. 알고 있어. 원래부터 재능 있는 녀석이라고 생각하고 있었다……. 확실히 다른 일곱 마리로는, 누가 뒤를 잇더라도 똑같겠지."

"그렇다면……."

"전부 말하지는 마라."

"예……!"

영혼을…….

더럽히면서까지 결의한 보람이 있었다. 겟페이는 눈물을 들키지 않고자 조용히 코를 훌쩍였다.

그때, 장지 너머에서.

"쇼군님."

"뭐냐. 한창 좋을 때."

"아드님께서 뵙기를 청하시는지라……."

"음."

쇼군은 커다란 몸을 벌떡 일으켰다.

"가겠다. 기다리라고 해라."

"예!"

그는 거대한 하카마를 몸에 걸치기 시작했다.

"저기, 쇼군님……."

"뒷문으로 돌아가라. 누구에게도 들키지 마라."

"예……."

마루에서 일어선 야츠하시 라쿠간의 위용은 엄청났다. 겟페이는 전율하면서 그 자리에 고개를 조아릴 수밖에 없었다.

"원래부터 검은 고양이 따위에게 나라를 넘길 생각 따위는."

요우칸을 제외한 7형제의 눈앞에서.

"없다."

라쿠간 쇼군은 그렇게 내뱉었다.

"내가 쌓은 질서를 부패라 주장하며, 민초의 목소리만 듣고 얼빠진 소리만 하는 검술 바보다. 내 정책에 불평만 늘어놓아서 예전부터 방해라고 생각해왔다."

"물론, 당연히 그렇습니다."

"다행이야."

"만에 하나 아버님께서……. 그렇게 생각하니, 저희들."

"걱정하고 말았습니다."

"무슨 소리냐. 나는 처음부터 아버님의 마음을 알고 있었다."

"무슨!"

"네놈. 새치기를—."

"닥쳐라! 어리석은 것들!"

호랑이가 일갈하자, 일곱 마리의 몸이 움찔 굳어졌다.

"네놈들 같은 어리석은 아들 가운데서 어떻게든 한 명을 고르기 위해, 나도 계책을 세웠다. 오늘 이날, 예전부터 이어져 온 요우칸의 태도를 반역의 뜻으로 판단하고, 녀석을 비밀리에 살해할 것이다."

""서, 설마.""

""요우칸을 암살?!""

"수단은 따지지 않겠다. 요우칸을 죽여라. 요우칸의 목을 내 앞으로 가져온 자를 기꺼이 후계자로 삼겠다!"

라쿠간 쇼군의 말은…….

악랄한 7형제조차도 말문이 막힐 정도였다.

그러나 그 얼굴에는 바로 비열한 웃음이 달라붙기 시작했다.

"이것은 후계자 쟁탈전. 방해꾼의 처리까지 일거양득."

"아버님밖에 생각하실 수 없는 계책이로군요."

"뭐얼, 그 요우칸. 독이라도 살짝 푼다면 바로 걸려들겠죠."

"쿠후, 후."

"오오. 아버님도 기뻐하시겠군."

"""와하하하하하……."""

"쿠후. 후. 후. 후. 규. 꾸헉!"

대호. 라쿠간의 웃음이…….

서서히 축축해지더니, 엄청난 각혈이 되어 술자리를 선혈로 새빨갛게 물들였다.

"앗!! 히익."

"와악!"

"커헉!"

촤악!!

라쿠간의 가슴 속에서, 불빛을 받아 예리하게 빛나는 비녀가 튀어나와 그 심장을 찢어버렸다. 비녀는 그대로 공중을 휙휙 날더니 그대로 형 고양이 한 마리의 목덜미를 꿰뚫었다.

"우와악—! 버, 법력이다. 법술사다!"

"수상한 자다. 나와라. 나와—."

촤악, 촤악, 촤악!!

번뜩이는 비녀는 눈 깜빡할 사이에 그 자리에 있는 전원의 목을 뚫었고, 그리고, 휘리릭…….

맹장지를 열고 들어온 겟페이의 손바닥 위로 돌아왔다.

"무슨 일이…… 히이익. 이건."

"네코마타!"

촤악, 촤악.

비녀는 낌새를 보러 온 궁녀, 젊은 사무라이 등등 죄 없는 자들도 거리낌 없이 꿰뚫으면서 봄의 묘마성에 가득한 냄새를 순식간에 꽃에서 피로 덧칠했다.

'간단하네.'

피범벅이다

겟페이는 기모노 한 장뿐인 모습으로 새빨개진 다다미 위를 찰박, 찰박, 걸으면서 죽은 듯한 눈으로 라쿠간을 내려다봤다.

"커, 커헉. 커헉. 네, 이놈. 비천한."

"너는, 『고양이』가, 아니야."

"주, 죽이지 마라. 그만—."

"『고양이』에게. 질서는, 필요 없어."

푸욱! 하고 짓밟은 겟페이의 발톱이 라쿠간의 가슴을 도려냈고, 그곳에서 엄청난 피가 뿜어져 나왔다. 선혈 샤워로 새빨갛게 물든 겟페이는 코끝에서 뚝뚝 피를 흘렸고…….

문득.

정원에 선, 익숙한 기척을 느끼고 돌아봤다.

검은 털, 숨을 헐떡이며 달려왔을 그 붉은 눈은.

모든 것이 끝나버렸다는 깊은 회한으로 가득했다.

"죽였어."

"……."

"내가 더, 강했어."

"……."

"이리 와, 요우칸. 둘만이 되어, 처음부터 시작하자……."

명도·킨츠바의 칼집에서 칼날이 스르륵 뽑혀 나왔다. 눈물을 바람으로 끊어낸 요우칸의 몸은 그대로 손을 뻗은 겟페이를 향해, 칼날을 내리쳤다—.

그때.

'슈팡!!'

"우와아악?!"

비스코의 정신은 겟페이의 몸에서 방출되어 시간이 멈춘 세계를 뒹굴었다. 요우칸의 하얀 칼날은 공중에서 겟페이의 목을 후려치기 직전에서 멈췄다.

"미안하지만, 여기까지다."

"으엑?!"

"이후에는, 나의 기억이 없다."

어느새 옆에 서 있는 건, 지금 나이의 모습을 가진 요우칸의 정신체인 모양이었다. 요우칸은 턱을 육구로 어루만지면서 겟페이의 용모를 빤히 바라봤다.

"순화검의 오의는, 『상대의 마음에 간섭하는 것』. 대치하는 상대의 마음과 동화해야지만, 그제야 순화 입자는 너에게 힘을 빌려줄 거다."

요우칸이 비스코를 돌아봤다.

"그럼, 어땠느냐? 겟페이의 안에 들어갔었으니, 녀석의 마음은—."

휴우웅.

"……음?!?!"

까킹!!

순간, 몸을 돌린 비스코가 허리의 소태도를 뽑아서 요우칸의 머리를 향해 후려쳤다. 한 팔인 요우칸은 즉시 작은 소태도를 뽑아 머리 위 아슬아슬한 위치에서 받아냈다.

"윽?! 무, 무슨! 갑자기 뭘 하는 거냐?!"

"이."

비스코는 눈동자에 분노의 불꽃을 태웠다.

"왕바보 자식—!!"

회오리 같은 2섬, 3섬! 한 팔을 잃었다고는 해도 무쌍의 검호·요우칸은 그 모든 공격을 칼날로 튕겨냈지만, 그야말로 백호처럼 덮쳐오는 비스코의 기세에 식은땀을 흘렸다.

'어마어마한 살기! 겟페이의 마음이 다 빠지지 않았나!'

슬금슬금 후퇴하는 검은 고양이의 발톱이 다다미를 깎았다!

"진정해라, 아카보시! 그 분노는 겟페이의 흔적. 너의 것이 아니다!"

"그럼 딱 좋네! 겟페이의 분노를 빌려서 너를 때려눕히겠어!"

"정신 나갔나! 그대, 어째서 나를 그리 미워하지?!"

"네가. 나와 똑같기 때문이야!!"

"똑같, 다고……?"

"파우의 기도를 모른 척 넘겨버리기는. 그야 간섭하지 않고, 간섭받지도 않고, 구도의 세계에 있을 수만 있다면 그걸로 충분했겠지……. 하지만, 그래도!"

"파우~? ……그대, 대체 누구를, 우왓?!"

까킹!

비취색 눈동자가 떨렸다.

요우칸은 비스코의 의식 속에서, 예전에…… 잃어버렸던 겟페이의 조각을 확실히 느꼈다.

그리고 동시에…….

요우칸이 모르는, 비스코가 생각하는 누군가의 기척을 느끼고 있었다.

"파우는……. 아니, 겟페이는! 어둠 속에서 너의 행복을 위해 목숨을 걸었어. 서툴지만, 자신의 영혼을 모두 걸었다고! 불안했고, 고독했을 거야. 어째서 네 쪽에서 데려가지 않았던 거냐고!"

"하지만, 그 너머는 마도(魔道)였다! 녀석이 말하는 행복은 『고양이』에게는 삿된 길. 민초의 행복과는. 『고양이』의 행복과는, 어울릴 수 없었다!"

"그 래 서 어쨌다고오오오오오—!!!!!"

까키잉!

강렬한 검격!

그러나 요우칸에게 전해지는 비스코의 검기는 파괴적이지 않았다. 사랑, 슬픔, 분노…… 수많은 애절한 감정이 교차하며 칼날의 무게를 늘렸다.

"회색의 말로 얼버무리지 마. 『고양이』 같은 건 없어! 이 세계에는 그저, 너와 겟페이가 있을 뿐이야!"

비스코의 포효. 이미 눈동자의 광채는 번쩍번쩍 빛나는 태양의 포자를 내뿜으면서 요우칸의 털을 지글지글 태울 정도였다.

휘리릭 공중으로 몸을 날려 소태도를 든 비스코가, 건곤일척의 일격을 날렸다!

"운명의 사냥감. 그 발톱으로 낚아채지도 못한다면!"

"『고양이』 따위는!"

"그만둬버려—!!!"

쿠아앙!!

공간이, 단숨에 녹아서 붕괴했다.

비스코의 격정이 그때까지 주변을 구성하던 시간이 멈춘 세계를, 새빨갛게 타오르는 무수한 입자로 분해한 것이다.

"우옷?!"

"음?!"

손에 든 소태도조차 분해되자 비스코와 요우칸은 저도 모르게 경악했다.

그『순화 입자』는…….

세계의 형태를 아주 조금 남기면서 비스코의 몸에 다가붙더니, 녹식 포자와 융합하여 그 몸을 새빨간 불처럼 밝게 빛내기 시작했다.

"이건……!!"

"순화가 호응한 거다. 순화 입자가 그대를 새로운 주인으로 인정했다!"

요우칸은 조금 전까지 벌인 검격의 피로도 잊고 신성한 것을 보듯 눈동자를 빛냈다. 그리고 깜짝 놀라며 정신을 차리고 말했다.

"아니! 안 된다. 너무 빨라. 아직 아무런 검술도 전수하지 않았는데!"

"잠깐, 기다, 뜨거워. 이 가루 뜨겁다고!"

녹식 포자의 부글부글 끓어오르는 듯한 느낌과는 달리, 순화 입자는 순간적으로 폭발하는 불꽃놀이 화약 같은 아픔을 동반했다. 순화 가루가 온몸에서 펑펑 터지기 시작하자 비스코는「우와아악」하고 비명을 지르며 버둥거렸다.

"알겠느냐? 잘 들어라. 아카보시! 순화검의 극의란, 겟페이의 마음을 바꾸지 못했던 내 회한의 감정으로 태어난 것.『상대의 마음을 바꾸는』오의인 거다!"

"이 상태로 너! 설법, 앗뜨, 들을 수 있겠냐. 앗, 뜨뜨뜨."

"아무리 무한한 초신력이 상대라 해도, 믿는 마음 자체를 반전시킨다면— 에에잇. 듣고 있는 거냐. 아카보시!"

"네놈이나 들어 멍청아—!!"

그 외침을 계기로, 세계에 모든 순화가 화아악! 비스코에게 모여들었고—.

"우와아아아아악—?!"

한층 거대한 섬광으로 세계 자체를 감쌌다. 하얗게 물든 환상의 공간은 기나긴 꿈에서 두 검객을 방출하면서 그제야 역할을 마쳤다.

＊＊＊

『쿠 구 구 구 ~ ~ 웅 !』

투웅, 투웅, 투웅.

키노코성·1이 휘두른 대종이 계속해서 화포를 뿜어대며 묘마성 아래의 가옥을 부수며 지면에 커다란 구멍을 뚫었다.

화포에 뚫린 지면 구멍에서는 푸샤아아아앗, 하고 분수처럼 황금 기둥이 성대하게 솟아났다. 수많은 황금 분수는 성아랫마을의 지면을 순식간에 뒤덮어서, 지금 도시 일대는 눈부신 황금의 사막이 되어가고 있었다.

그 황금 사막을 박차고,

"냐아! 미로!"

"앗! 뒤쪽!"

투웅!

코앞에서 터진 화포를 피한 미로는 티롤을 안고 공중을 날았다.

"슬금슬금 밀리고 있잖아. 성 아래에서 버티지 말고 산 쪽으로 안 도망쳐?!"

"안 돼. 우리가 여기서 버티지 않으면 비스코가 당해버려."

"그 아카보시는 뭘 하고 있는 거야! 자고 있어?!"

"자고 있어."

"뭐어~~?!"

"위험해!"

쿠웅!!

황금이 솟구치며 다시 두 사람을 날려버렸다. 지금은 미로와 티롤의 머리도 그렇고 옷도 그렇고, 전부 반짝이는 사금이 달라붙어 있어서 마치 금 조각상 같았다.

"오—호호호호!! 빙글빙글 번쩍번쩍, 빌어먹게 재빠르네요."

키노코성·1의 머리 위에서 크게 웃은 아마쿠사가 손가락을 딱 튕기자, 철컥! 하고 대종이 약협을 배출하며 연기를 뿜어내는 그것을 지면에 떨어뜨렸다.

"마음에 들었어요. 남자 쪽은 금상으로 삼아서 내 방에 놔둬야겠네요."

"저 하얀 고양이. 제멋대로 지껄여대기는!"

티롤은 후욱—! 하고 멀리 있는 아마쿠사를 위협하다가 문득 옆에 있는 미로의 이변을 눈치챘다.

“도망치자, 미로! 이대로 가면……. 앗?! 왜 그래? 굉장한 땀…….”

“큰일이야. 실수한 것 같아……!”

미로는 이를 악물며 표정을 찡그리고 복사뼈 주변을 누르고 있었다. 티롤이 그 손을 치우자, 조금 전 포격에 걸렸는지 그의 다리가 짚신까지 황금으로 변해버려서 본래 가진 매와 같은 민첩함을 빼앗기고 말았다.

“미로, 그 다리!”

“도망쳐, 티롤. 다음이 와!”

“너 말이야!”

키노코성·2의 그림자가 두 사람을 완전히 덮었고, 그 커다란 주먹이 떨어진 순간 티롤의 묘언이 번뜩였다. 주변의 사금이 소용돌이치며 티롤의 눈앞에 모여서 황금의 대방패를 형성했다.

콰앙!

“끄악—! 무거워, 무거워!”

황금의 대방패를 밀어내는 거인의 권압. 빠직빠직빠직 소리를 내며 대방패에 무수한 금이 갔다.

“티롤! 역시 막다른 곳에서는 남을 내버려 둘 수 없는 타입이구나!”

“태평한 소리 하지 말고! 도우라고—!”

“머리가 딸리는 아이네. 그런 걸 방패로 막았다가는…….”

한편, 키노코성·1이 장전을 마친 금종포를 두 사람에게 겨눴다!
"이쪽에서 다 보이잖니―! 멍청한 꼬마야!"
"우왓, 큰일이야 큰일. 미로!"
"틀렸어. 진언벽으로 저 포는……!!"
"자, 치즈 하렴. 웃으면서 금상이 되어버려라―!!"
투웅!!
사출된 황금 포탄이 원만한 커브를 그리며 티롤과 미로에게 꽂히기…….
직전, 옆에서.
퓨우웅!!
"오―호호호호호…… 뭐어?!"
아마쿠사의 눈앞, 가로 일직선으로 날아온 한 줄기 화살이 포탄의 옆에 꽂혀서 빠꿈! 하고 튕겨냈다. 포탄은 궤도가 틀어져서 그대로 키노코성·2의 어깻죽지에 작렬했고.
투우웅!!
『오와~~~앙.』
티롤의 방패를 밀어내던 거대한 팔이 뜯겨나가면서 거구의 균형을 잃고 크게 휘청거렸다.
"버섯 화살!"
"아카보시야! 해냈다, 이겼어!! 미로, 우리 살았……."
"자, 잠깐만. 티롤!"
안도한 표정에서 순식간에 확 돌변해서 위축된 미로의 얼굴을 바라보며 의아한 듯 시선을 따라간 티롤은, 뒤에서 휘청거리며 쓰러지는 키노코성의 거구를 보고 「이이이익!」 하고 목이 막힌 비명을 내질렀다.

"꺄아—?! 뭉개져, 뭉개지겠어!!"

"돈의 바다에서 죽는 거, 바라던 바 아니었어?"

"바보 같은 소리 하지 마! 목숨은 붙어있어야지—."

빠꿈!

티롤의 말에 겹치듯 두 사람 근처에 꽂힌 버섯 화살이 작렬해서 두 사람의 몸을 크게 공중으로 띄웠다.

쿠우우웅, 하고 사금을 띄워 올리면서 쓰러지는 거구를 내려다보던 티롤은, 하늘을 벼락처럼 내달리는 붉은 그림자에 잡혀서 높이 솟구친 황금 언덕에 내려섰다.

"이야~. 굉장하네. 너에게는 꿈 같은 광경 아냐?"

묘하게 감탄한 듯 말한 소년이 고글을 올렸다.

"이만한 황금이 있다면, 이미하마만이 아니라 일본 전체도 살 수 있겠어."

"아카보시!!"

티롤은 크게 외치고는 모발에 엉킨 금가루를 붕붕 털면서 비스코의 옷깃을 잡아 힘껏 흔들었다.

"매번 매번 아슬아슬하게…… 너 이 자식 빨리 오라고!!"

"지각은 안 했잖아."

"바보! 나와 미로가 얼마나……!"

"고생한 건 나도 마찬가지야. 여자 몸이 되어서 호랑이하고 잖으니까."

'이 녀석 무슨 소리야…….'

"비스코, 어서 와!"

어느새 비스코 옆에 선 미로가 자기 앰플을 다리에 꽂으면서 눈부신 별 같은 눈으로 파트너를 바라봤다.

"오래 싸운 모양이네. 고생했냐?"

"전혀!"

"했잖아!!"

"저기저기. 오의 전수받았다면서! 이번에는 어떤 기술이야?!"

"아니, 그게 말이지."

비스코는 눈을 가늘게 뜨며 살짝 신음했다.

"뭔가 딱히 아무것도 배우지는 않았는데…… 괜찮을까?"

그 시선 너머에는, 황금을 마구 흩뿌리면서 천천히 일어나는 키노코성·2의 모습이 있었다.

『쿠구~웅.』

키노코성·2가 크게 기지개를 켜자, 절단된 어깨가 다시 재생되어 원래의 두꺼운 팔을 되찾았다.

"오~호호호호호!!"

다시 위용을 되찾은 키노코성·2의 모습을 본 아마쿠사가 크게 웃었다.

"나왔네요, 빨간 녀석. 하지만 몇 명이 와도 똑같아요……. 너희의 활이나 힘으로는 이 아이들에게 상처 하나 낼 수 없어!"

"허세다냥!!"

"그렇지도 않아."

고양이 눈을 깜빡인 비스코가 말했다.

"저 녀석들은 초신력의 덩어리 같은 버섯이야. 원래 죽음의 개념을 모르는 포자의 집합이니까, 절대 죽지 않아."

"에엑! 웃기지 마. 무적이잖아?!"

"불사신과 무적은 다르다고."

"명언 늘어놓을 때가 아니라고!"

"그렇구나. 쓰러뜨릴 필요는 없는 거야."

비스코의 말에 당황하는 티롤의 머리 너머에서 미로가 그의 뜻을 파악해 말을 이어받았다.

"포자를 분해해서, 버섯을 작게 만들면 돼. 하지만 그럴 수 있어?"

"할 수밖에 없어."

비스코가 태평하게 말하고는— 허리의 대태도를 스르륵 뽑았다.

"못 하면 요우칸 탓이야. 나를 원망하지 마."

"아! 좋아. 해버려, 아카보시!"

"먼저 팔이 뜨기 쪽을 해치우겠어. 미로의 다리가 나으면 둘이서 하얀 고양이 쪽의 신경을 쏠리게 해줘."

"응. 알았어."

"응응……. 엥? 나도?!"

"수다는 끝이야. 온다!"

퍼엉! 하고 날아온 금종포가 착탄하기 직전, 미로를 문 티롤과 비스코가 각각 다른 방향으로 산개했다. 아마쿠사는「치이잇—!」하고 이를 갈면서 그걸 눈으로 따라갔다.

"빨간 녀석. 뭘 할 생각이네요. 큰일이에요. 저 녀석을 먼저 쳐야 해요!"

그리고 금종포를 비스코에게 겨눈 그때.

푸슝, 빠꿈!

"으그옥?!"

"이쪽이다. 아마쿠사!!"

네 발로 달리는 티롤의 등 뒤에서 가래나무 활의 일섬이 날아왔다. 버섯의 충격에 휘청 흔들린 키노코성·1은 외눈을 붉게 물들이며『 흐 으 으 ~ 음 』하고 분노의 목소리를 높였다.

"저 꼬마~! ……아니야, 아니야, 아니라고! 노리는 건 저쪽!"

"바~보. 두 수는 느려!"

비스코는 그걸 곁눈질하며 퐁! 하고 만가닥버섯의 발아로 뛰어오르고는 키노코성·2의 머리 위를 향해 대태도를 들었다.

"큰일이다!"

아마쿠사의 움직임은 빨랐다. 하얀 고양이는 눈앞에 꽂힌 초신시를 뽑아서 그걸 멀리 날려 키노코성·2의 뒷머리에 꽂아 원격 컨트롤로 전환했다.

"간다,『순화검』!"

"그렇게 둘 것 같으냐!!"

아마쿠사의 혈관이 도드라졌고, 푸슉! 하고 코피를 뿜었다. 결사의 선력이 키노코성에 작용했고, 한 팔이 크게 올라갔다.

『 쳐 죽 인 ~ 다 ! 』

한편, 비스코는 공중에 뜬 상태. 노리기에는 절호의 표적이다.

"뒈져라아아—!!"

투쾅!!

키노코성 혼신의 오른손 스트레이트가 비스코의 몸에 꽂혔다. 끝났네요. 아마쿠사는 기분 좋은 반동에 취했지만…….

"……마, 말도 안 돼?!"

주먹의 충격도 아랑곳하지 않고, 『미동도 하지 않는』 비스코를 보자 눈을 크게 떴다.

"『인과』."

두둥실.

'이건. 순화 입자!!'

진홍으로 빛나는 순화 입자가 비스코의 전신을 감싸서 태양처럼 반짝였다!

"『응보』다아아!"

퍼어엉!

굉음. 비스코는 『아무것도 하지 않았다』. 키노코성 혼신의 오른손 스트레이트의 『결과』가, 그대로 반전해서 키노코성의 배때기에 꽂힌 것이다.

거대한 둥근 구멍이 황금의 몸을 관통했고.

『 오 와 와 ~ ~ 앙 ! ! 』

키노코의 비명이 주변 일대에 울려 퍼졌다.

"……뭐야 저게?! 아카보시는 아무것도 안 했는데!"

티롤이 얼빠진 목소리를 내질렀다.

"저 녀석의 『 쳐 죽 인 다 』라는 마음을 반전시켰어!"

비스코가 그에 대답했다. 아무래도 본인조차 성공할 줄은 몰랐는지 공중에서 식은땀을 흘리고 있었다.

"순화검의 오의는 상대의 마음을 반전시키는 기술이야. 결과도 자연스레 반대가 돼!"

"말하는 게 엉망진창이잖아?!?! 안 그래? 미로!"

"비스코가 말한다면 그렇게 되지 않을까? 실제로 됐으니까."

"너 학력은 대체 어디로 갔어—!!"

쿠우우웅, 하고 쓰러진 키노코성·2를 보면서…….

"결과의 반전……! 저, 저건 확실히 『순화검』의 비오의!"

하얀 고양이는 이를 갈면서 초신시에 법력을 주입했다.

"요우칸 그 빌어먹을 놈이라면 몰라도, 어째서 인간이! 하지만 그게 어쨌다고?! 우리 아이는 불사신이 특기거든. 구멍 하나 뚫린 것쯤 상관없어요!"

『오와~~앙??』

"뭐 하고 있어! 당장 재생해!"

『 오 와 와 와 와 와 . 』

아마쿠사에게는 예상치 못한 일이 일어났다.

황금으로 빛나는 거대한 키노코는, 그 거대한 상처를 막기는 고사하고—.

상처 부위에서 「부글부글부글」 하고 차례차례 작은 자신을 생성하더니 점점 작아졌다. 새로 태어난 작은 키노코들(그래도 몸길이 6척 정도는 된다)이 키노코성의 몸을 타고 올라서 저마다 주변을 맴돌기 시작하더니…….

"쿠구구궁."

"너 누구?"

"나 누구?"

"배고파."

그렇게 통일성이 없는 행동을 반복했다.

"잠…… 잠깐!! 당신들, 왜 분열하는 거죠!"

아마쿠사가 초조해하는 것도 무리는 아니다. 한 번 결합한 키노코가 분열하다니, 지금껏 전례가 없었으니까.

"원래대로 돌아가. 저 빨간 녀석을 죽이는 거야!"

"이 녀석 누구?"

"떡칠."

"떡칠 아니거든—!! 마, 말을 안 듣잖아. 아카보시, 무슨 짓을 한 거야!!"

"아까 순화검으로, 이 녀석들의 마음에 닿았어."

점점 자잘한 개체로 나뉘어가는 키노코성의 잔해에 선 비스코가 꼬리를 흔들었다. 다수의 키노코에게 뺨을 찔려서, 짜증 난다는 듯 그걸 밀쳐내고 있었다.

"조종당하지 않게 『철학』을 갖게 했지. 『철학』은 『개성』이 되고 『개인』을 낳아. 자연스레 이 녀석들도 이렇게 된 거야."

"마, 말도 안 돼. 아무리 순화검이라도 인연 없는 버섯의 마음에 들어갈 수 있을 리가!"

"인연이야 많지, 바보야! 이 녀석들은 내 아들이라고."

비스코는 거기까지 말하고는 키노코성·1 앞을 가로막아서 뒤에 있는 키노코들을 향해 목소리를 높였다.

"하나 더 있는 덩치도 내가 반드시 구하겠어! 너희는 안전한 곳으로 도망쳐!"

""""……""""

한편, 키노코들이 각자 얼굴을 마주했다.

"저거 누구?"

"엄마야."

"저게 엄마?"

"얼굴 무섭지 않아?"

"응애응애."

입을 모아 제멋대로 떠들어대는 사이, 비스코는 사금 위를 달려서 또 하나의 키노코성을 향해 나아갔다.

"뭐어어—가……."

핏발선 눈을 드러낸 채—.

"뭐가 순화 입자냐! 뭐가 순화검이냐, 짜사아!"

샤치호코 위에서 아마쿠사가 외쳤다.

"한 명의 마음을 깨작깨작 바꿔서 어쩌겠다고. 세상을 무릎 꿇게 하지 않고 어쩌겠다고! 지금의 나에게는! 이 초신시가 있단 말이다!!"

'겟페이와 키노코성. 상대는 둘.'

비스코는 초신시를 손으로 휘리릭 되돌린 겟페이를 보면서 다시 태도를 뽑았다.

'순화검으로 간섭할 수 있는 건 하나뿐이야. 자, 그럼. 어쩌지!'

쿠웅, 쿠웅, 하고 전진하는 거대한 그림자를 노려보자.

뽕뽕뽕.

근처를 달리는 무수한 키노코가 보였다.

"……캑. 너희들 뭐야?!"

"엄마."

"저거 사줘."

"도망치라고 했잖아!! ……우와앗, 위험해!"

지근거리에서 퍼엉, 하고 발사된 금종포! 자기 혼자라면 모를까 주변에 있는 키노코를 어떻게 지켜줄까 고민한 탓에 반응이 늦어졌다. 그러자.

""""쿠구구구~웅!!""""

비스코의 눈앞에서 수십 명의 키노코들이 재빨리 뛰쳐나와 튼튼한 벽이 되어 포탄을 받아냈다. 키노코의 벽이 날려버린 포탄은 머나먼 후방에 착탄해서 그곳에 황금의 물보라를 일으켰다.

"우오오……?!"

놀란 비스코 주변에서…….

"""쿠구구~웅!"""

"엄마한테, 손대지 마라!"

"내가 했다."

"난데?"

"뭐?"

키노코, 아니, 자신의 의지를 획득한 버섯들은 마치 부모를 본 오리처럼 비스코에게 달라붙어서 와글와글 쟁탈전을 벌였다.

뇌가 텅텅 빈 생명체의 어디서 이런 힘이 나오나 싶었지만, 생각해보면 초신궁에서 태어난 신생아들이다. 그럴 마음만 먹으면 불가능은 없다.

"너, 너희들……."

비스코는 약간 당혹스러워하다 전격적인 타개책을 떠올리고는 키노코 중 한 명의 갓을 앞뒤로 흔들었다.

"이봐. 내가 겟페이를 상대하는 동안, 모두 함께 덩치의 발을 묶어줄 수 있겠어?!"

"발을 묶어?"

"해치운다는 뜻이야. 할 수 있겠어?"

"으—음?"

키노코들은 와글와글 모여서 저마다 상담을 시작했다. 「할 수 있어」, 「못 해」……내버려 두면 계속 이어질 것 같았기에, 비스코는 힘껏 일갈했다.

"할 수 있어! 할 수 있다고 생각하면 너희에게 불가능한 건 없어……. 그래. 해내면 뭐든 원하는 걸 사다 줄게(파우가). 이러면 어때?!"

"원하는 것?"

"목욕 세트."

"닌텐도!"

"뭐든 좋아! 원하면 원할수록 너희는 강해져……. 너희는 가능성의 아기들이야. 뭐가 상대라도 지지 않아!"

"""우~~음!!"""

버섯들의 눈동자가 비스코의 말을 듣자 한층 빛났다. 그리고 뒤에서 빠움! 하고 다시 덮쳐온 금종탄을 어깨동무로 만든 버섯 배트로 받아쳤다.

""덮쳐라—!""

금색 모래가 두두두두두 솟구쳤고, 대략 100명의 버섯들이 키노코성을 향해 돌격했다. 그 팔이나 몸이 전부 무수한 키노코들에 둘러싸인 키노코성은 몸의 자유를 빼앗겨서『 오 와 ~ ~ ~ 앙 ! 』하고 고통스러운 목소리를 냈다.

"이, 이, 이게 무슨 일이야. 나의 키노코가. 너희들—!! 지금까지 누가 돌봐줬다고 생각하는 거죠! 부끄러운 줄 아세요!!"

"버섯한테에—!"

"캐액."

햇살을 가리며 크게 검을 들어 올린 비스코의 그림자!

"은혜니, 의리니! 씨도 안 먹히는 소리라고—!!"

빠키잉!!

아마쿠사가 즉시 뽑은 초신시와 비스코의 대태도가 부딪쳤다.

이어지는 3, 4, 5합으로 이어지며 두 개의 섬광이 부딪쳤고, 육박한 두 사람의 이마가 맞닿았다.

"공교롭게도 그 힘은 우리의 것이거든. 너 혼자서는 돼지 목에 진주, 고양이한테 금화라고!"

"다 이겼다고 생각하는 걸까? 냐카카카……! 인간 주제에 시건방지긴!"

좌악! 초신시를 조종하는 오른 손바닥, 그 반대쪽 손톱이 비스코를 덮쳤다. 술사이기에 법력만을 경계하던 비스코에게는 생각지도 못한 기습이었다.

"앗! 우옷!"

"거기!"

가슴으로 날아오는 치명상을 피하고자 물러난 비스코에게 초신시의 추격. 즉시 들어 올린 대태도의 칼날을 황금 화살의 일격이 까킹, 하고 화려하게 부러뜨렸다!

"으엑?!"

"아~, 하하하하하……!!"

헥헥 거친 숨을 몰아쉰 아마쿠사가 기와지붕 위에서 웃었다. 발밑에는 키노코에게 둘러싸인 키노코성이 거대한 팔을 휘둘러 그들을 떼어놓고 있었다.

"요우칸 녀석이 어떤 기법으로 순화검을 전수했는지는 모르겠지만. 중요한 도가 없어서는 그것도 헛수고로 끝난 셈이지."

"흐~응?"

비스코는 멋들어지게 부러진 대태도를 바라보고는 시시한 듯 내버렸다.

"원래 도는 핸디캡이었어. 사무라이의 예의라고 생각해서 휘둘렀는데, 부러졌다면 어쩔 수 없지."

"허세를 유언으로 삼고 뒈져라. 빌어먹을 꼬마!"

직선상.

휴우웅, 하고 날아온 초신시를 뛰어넘은 비스코가 도수공권으로 머리 위에서 덮쳤다!

"『통뱀검』."

'바보가……! 인간의 몸으로 이걸 피할 수는 없어!'

공중으로 피하는 것까지가 아마쿠사의 노림수였다. 초신시는 「까딱」 움직인 손가락에 반응해서 아마쿠사를 덮치는 비스코를 꿰뚫기 위해 일직선으로 직진했다.

"주우욱어어어—!"

"『이구아나』!"

촤악!

번뜩인 것은—.

초신시가 아니었다. 이구아나 기병이 적을 향해 휘두르듯이 번뜩인 비스코의 꼬리가 뒤에서 날아온 초신시를 멋지게 격추한 것이다.

"응?!"

"에서어—!"

웃은 비스코의 커다란 송곳니가 번뜩였다.

"『통뱀검·날복어』!"

콰악!!

곱게 치장한 아마쿠사의 옷깃을 비스코의 강인한 송곳니가 물어뜯었다! 막대한 선혈이 뿜어져 나오자 하얀 고양이는 비명을 지르며 격통으로 눈을 부릅떴다.

"냐가아아아악?!"

"우우우오오오오오오!! 『통뱀검』!"

비스코는 경이로운 등 근육을 구사하여 아마쿠사를 깨문 채로 잡아당기고는—.

"『 통 뱀 』—!!"

공중에서 몸을 튼 거대한 신의 뱀이 지면을 향해 파고들듯이, 뒤에 있는 기와지붕에 투쾅!! 하고 머리부터 내리찍었다.

부서지는 기와지붕, 주변에 흩날리는 연기!

아마쿠사는 「커헉!」 하고 입에서 피를 뿜으며 흰자위를 드러냈다.

"커헉, 커, 어어어……."

"『인간』도, 그럭저럭 흉포하지……?"

비스코는 샤치호코에 탁 걸터앉아서 피로 물든 입가를 닦았다.

"이, 럴."

아마쿠사는 끼기긱, 하고 기와를 손톱으로 긁으며 아픔과 분노에 부들부들 떨었다.

"리가 없어. 내가 질 리가. 초신시는, 소원을 이뤄주는 힘일 텐데……."

"제대로 기도도 하지 않는데 소원이 이루어지겠냐."

핏발선 눈을 치켜뜬 하얀 고양이의 시선을 마주한 비스코는 강하게 말했다.

"너는 초신시가 가진 가능성에 반대로 조종당하던 거야. 힘과 야망이 뒤죽박죽이라고. 처음부터 자기 혼자만의 기도로 싸웠다면 결과는 달랐을지도 몰라."

"……."

"자, 화살을 돌려줘. 다음에는 너 혼자서—."

"……냐, 카카. 냐카카카카카……!"

"……."

"깨달음에, 떨어졌구나. 아카보시……!"

타탓, 하고 그 자리에서 물러난 아마쿠사는 천천히 요사한 인을 맺었다. 입에서 선혈을 뚝뚝 떨어진 그 모습에서—.

'이 녀석!'

지금까지와는 이질적인 느낌 비스코는 고양이 귀를 세우고 손톱을 들었다.

"나는, 배가 고플 뿐이야. 이 세계의 누구보다도, 배가 고파……. 수억의 말을 채워 넣어도, 『굶주림』은 채워지지 않아."

"그렇다고 기적으로 배가 채워지겠냐! 너는 그런 여자가—."

"네놈도, 요우칸도!"

"시시한 깨달음 속에서 말라비틀어질 뿐."

"나는."

"파라이소로."

"갈 거다아아—!!"

'큰일이다. 초신시가!'

지금까지 아마쿠사의 손바닥 위에 황금색으로 빛나던 초신시가 으르렁대는 아마쿠사의 결사적인 기도를 흡수하여 일렁이는 무지개색 광채를 발하기 시작했다.

"……아름다워. 혜성 같아……."

"겟페이! 안 돼, 거기서 떨어져!"

"초신시여! 나의 무한한 굶주림을 양식 삼아, 기적을 이루어다오—!!"

아마쿠사는 샤치호코를 박차고 공중으로 떠서 머리 위로 올린 초신시를 불렀다. 고고고고고, 하는 엄청난 회오리가 초신시에서 일어나 황금의 도시로 변한 묘마성 아래를 모조리 빨아들이려는 듯 흡수했다.

『오와와~~앙.』

키노코성도.

"뭐야뭐야."

"오와~앙!"

"빨려들어 간다~~."

버섯들도 마찬가지였다. 마치 블랙홀처럼 소용돌이치는 초신시의 역장이 황금의 소질을 가진 것을 모두 삼켜버렸다.

흡수되는 키노코성의 지붕을 박차서 가까스로 지면에 내려선 비스코는—.

"캐애액."

묘마성 상공에 만들어진 것을 보고 무심코 경악한 목소리를 내며 굳어졌다.

이미 소행성 규모다. 그 황금의 구체는 겉면 전체에 다양한 버섯이 피어난, 말하자면 가능성의 포자를 모은 집합체였다.

"감사를 표해야겠어. 아카보시."

비스코의 곁으로 모인 미로와 티롤. 그들을 향해, 얼굴의 구멍이란 구멍에서 피를 토해내는 아마쿠사가 크게 외쳤다.

"너와의 공명에 초신시가 응한 거야. 이 『초신구(超信球)』의 완성이야말로! 나의 비원, 파라이소로 가는 표. 이 고양이 세계의 모든 것과 융화되어! 세계를 다시 창조하는 것!"

"그만둬, 겟페이! 처음으로 돌아갈 뿐이야!"

"외톨이가 된다고! 만들어진 자유는 자유가 아니야!"

"화장 진해!"

"시이끄러업다고 빌어먹을 꼬마들아!"

울부짖는 아마쿠사의 머리 위에서 『초신구』가 임계에 달했다.

"이걸로 끝이다. 네놈의 마음도, 다른 것들과 뒤섞어서!"

"온다!"

"묘마의 흙으로 만들어주마아—!!"

부우웅!!

아마쿠사가 손을 내리자, 상공에서 「쿠오오오오」 하고 대기가 흔들리며 거대한 포자 행성이 지표로 다가왔다.

"히에에엑! 도, 도망치자. 아카보시!"

"어디로 도망쳐도 똑같아! 착탄하면 세계가 통째로 버섯이 된다고."

"그럼 격추해줘. 언제나 쓰던 걸로!"

"힘으로 어떻게 되는 게 아니야. 요우칸 님의 오의도 저런 게 상대여서는……."

"……아니. 과연."

고고고고고, 하고 다가오는 포자 행성을 눈앞에 둔 비스코의 얼굴은 묘하게 차분했다.

"그래. 겨우 알았어……. 나는 와야 했기에, 여기에 떨어진 건가."

"비스코?"

"미로, 진언궁이야!"

"아! 알았어!"

비스코는 조용히 눈을 감고, 마음속에 요우칸을…….

아니.

한 여자를 떠올렸다.

순화의, 입자가…….

비스코 주변에 부글부글 끓어오르며 홍련의 색을 활활 발하기 시작했다. 미로와 티롤의 영창에 맞춰서 순화 입자가 매끈한 반달의 궤적을 그리며—.

"……이, 이건!"

"왔어."

""진언궁이, 아니잖아?!""

홍련의 광채를 발하는 반궁으로 변했다!

"현현·순화궁!"

"순화궁??"

"와아. 멍하니 있지 마! 벌써 왔어, 떨어져 떨어져!"

이미 초신구는 주변의 나무들을 충격으로 날려버릴 만큼 육박해오고 있었다. 비스코가 확신과 함께 순화궁을 으드득 당기자, 아마쿠사가 그를 향해 외쳤다.

"초신력의 덩어리에 힘으로 당해낼 수 있을 것 같으냐. 어떤 파괴력을 꽂아 넣는다 해도, 내가 삼켜버리고 끝이야!"

"알고 있어. 원래는 내 힘이야."

"너와 나의, 잖아?"

"응."

"카아아아앗!"

자신의 몸도 찢어질 정도의 법력을 주입하는 아마쿠사 반대편에서, 비스코와 미로는 홍련의 활을 당기며 초신구를 조준했다.

"가자, 미로!"

"『순화검』."

"""『궁극 오의』!"""

"찌부러져라!!"

"""『 순 화 궁 ― ! ! 』"""

푸슈웅!! 그런 경쾌한 소리와 함께 홍련의 화살이 일직선으로 날아가 공기를 찢으며 거대한 포자 행성으로 향했고…….

푸욱, 하고.

꽂혔다.

"……어?"

엄청나게 화려하게 날아간, 그 화살은…….

진언궁이나 영박궁이 가진 강대한 파괴력을 봤던 만큼, 티롤의 기대도 상상 이상이었지만.

"뭐, 뭐야. 푹, 이라니?!"

예상보다 위력이 없어서 반대로 경악하고 말았다.

"……반응은 있었는데. 이상하네?"

"이상하다고 하면 안 되지—!! 여느 때였다면 퍼어엉, 콰아앙, 하고. 저걸 날려버려야 하잖아!"

"그렇게 말해도 말이지."

"뭐, 지금까지도 기적을 거듭해왔으니까."

"그래. 기적을 전제로 삼으면 안 돼."

"달관하지 마아아—!! 저걸 보라고!! 지금 우리는, 저것에!"

눈앞, 이미 건드릴 수 있을 만큼 다가온 버섯 거성을 가리킨 티롤은…….

"……어라?"

다시 뜻밖의 사태를 깨닫고는 기세가 약해졌다.

멈춘 것이다.

거성이 접근을 멈췄다. ……아니, 그뿐만 아니라 서서히 움직임이 반전되어 공중으로 올라가고 있었다. 그 역운동은 점점 기세를 늘렸고…….

"우, 오, 오오오오오?!"

법력을 계속 불어넣고 있는 아마쿠사를 향해 역류했다.

"뭐, 뭐야 갑자기?! 운석이……."

"비스코."

미로가 파트너의 옆얼굴을 들여다봤다.

"아까 순화궁을 쐈을 때, 지금까지 없었던…… 굉장히 다정한 마음을 느꼈어. 겟페이에게…… 아마쿠사 겟페이의 마음에, 뭘 한 거야?"

"뭘 했다, 기보다는."

"……응?"

"애초에 저 녀석은, 딱히 자유 같은 건 원하지 않았어. 미로."

"……. 그저, 『행복해지고, 싶었다』?"

"응. 우리는 작게, 그렇게 속삭인 거야."

비스코는 조용히 말하고는 순화궁을 공중에 던졌다. 순화궁은 공중에서 순화 입자로 분해되어 멀어져가는 초신구를 쫓아 날아갔다.

"어, 어째서야. 어째서 말을 듣지 않아?! 구원해야 하는 건 세계야. 내가 아니라고!"

『고고고고고고.』

"그, 그만둬. 오지 마…… 오지 마."

『구오고고고고.』

"우오오오아아아!!"

쿠구구구웅!

공중에서 아마쿠사가 전개한 황금의 장벽이 가까스로 초신구를 받아냈다. 극대 질량의 포자 구체가 그 정도로 멈출 리가 없었고, 비대해진 자신의 힘이 모인 결정체 앞에서 아마쿠사는 전신의 혈관을 세우며『푸슉』하고 코피를 뿜어냈다.
"이, 이런. 이런 건."
『파 라 이 소 야 .』
"아니야!! 아니야!! 나느으은!!"
『간 다 ㅡ .』
"우우우오오오오오오아아아아—!!!"
쿠.
콰아아아앙!
""우와아아아!""
굉음! 초신구가 성층권에서 터지며 황금의 물보라를 주변에 흩뿌렸다. 충격으로 날아간 소년들은 데굴데굴 후방으로 굴러서 수십 미터 뒤에서 겨우 자세를 가다듬었다.
"엄청난 충격이잖아. 억지로 파괴했다가는 어떻게 됐을지……."
"……비스코, 고양이 귀가!"
"으오?"
미로에게 그 말을 듣자마자 비스코가 머리 위를 만지자…… 그곳에 있었던 고양이 귀가 스르륵 두피 안으로 들어가는 감촉이 났다.
"오오?! 뭐야?!"
"봐봐! 나도. 손톱도, 꼬리도 줄어들고 있어!"
금색 고양이 눈도 지금은 인간의 눈으로 돌아갔다.
"우와~! 나았다!"
티롤은 주변을 뿅뿅 뛰며 기뻐했다. 도중에 기모노에서 금화 몇 닢이 떨어져서 「아차」 하고 중얼거리며 주웠다.

"아마쿠사의 초신력이 리셋된 거야. ……그렇다면, 키노코도."

"이봐, 미로! 하늘에서 고양이가 떨어지고 있어!"

비스코의 말대로, 터져버린 거대한 초신구도 지금은 주인을 잃고 원래대로 돌아가서 키노코였던 고양이가 원래 모습으로 돌아왔다. 공중에서 떨어지는 고양이들을 줍기 위해 소년들이 황급히 달려갔지만…….

"으냐앗!"

"냐호이."

고양이들은 역시 몸놀림이 대단해서, 원래부터 고지대에 강한 성질을 살려 어려움 없이 착지했다.

"돌아왔어."

"이게 무슨 일이야!"

각자 주변을 보며 떠들어대는 고양이들을 바라본 미로는 안도의 한숨을 내쉬었다.

"아카보시! 네코야나기!"

달려온 것은…….

예전에 지하 황금궁에서 두 사람을 도망치게 해준 로주·시바후네였다.

"무사했느냐. 아마쿠사를 훌륭하게 격파했구나."

"영감."

"카로도 무사하셨군요!"

"무사하진 않았다. 그런 못생긴, 키노코성이라는 게 되어버려서……. 아니. 그런 건 됐다. 주군은. 전하께서는 무사하신 거냐!"

미로가 조금 불안한 듯 비스코를 바라보자, 그가 답했다.

"무사해. 단지, 마지막에 잠깐 할 일이 있다고 했어."

"할 일이라니. 아마쿠사가 멸망한 지금, 무슨 우려가 있다는 거냐?!"

"아마쿠사…… 그러고 보니."

갑자기 깨달은 미로가 비스코의 팔을 당겼다.

"초신시가 어디에도 없어! 어디로 떨어진 걸까. 빨리 그걸 찾아서 부숴야 해!"

"아니. 이제 됐어."

비스코는 묘한 확신을 가지고 미로에게 대답했다.

"이후에는 맡기기로 했어. 이제는 고양이의 문제니까."

"비스코……?"

서로 무사한 것을 기뻐하는 고양이 민중을 바라보던 비스코가 조용히 말했다.

"고양이의 모습을 보고 나의 모습을 고치라는 말은 오늘 이 날을 위해 있었구나."

"아무도 그런 말은 안 했는데요?!"

"돌아가자, 미로!"

"어?! 와앗!"

갑자기 비스코가 자신의 손을 잡아당기자 미로는 놀라면서도 별 눈동자를 크게 뜨며 물었다.

"왜 그래? 갑자기! 저기, 비스코!"

"너무 오래 기다리게 했어. 1초가 아까워."

"비스코……!"

"간단한 일이었어."

질풍처럼 달리는 비스코의 눈동자는, 뭔가 확신을 얻은 듯했다.

그저 고동치는 가슴에 몸을 맡겨 날카롭게 빛나고 있었다.

"서투르다니까. 언제나 그랬어. 그렇게나 화려하게 저지르고, 목숨까지 걸고……."

미로는…….

파트너의 마음속 통곡을 느끼고.

중얼거리는 비스코 옆에 서서 그 귓가에 입술을 가져가며 조용히 속삭였다.

"마지막에 손에 남는 건, 간단한 것 하나뿐?"

"……."

"그럴지도 몰라. 하지만 하나뿐이라도 좋아. 다른 건 필요 없으니까. 실제로 나도 너를 사랑하는 것 말고는 필요 없어졌어."

"……."

"두려워하지 마, 비스코. 비스코가 그렇게 생각한다면, 네 쪽에서 누군가를 만져도 괜찮아. 그날 이미하마에서, 나를 납치했던 것처럼……."

비스코는 대답 대신 파트너의 손바닥을 강하게 쥐었다. 묘마국의 하늘은 구름 사이에서 몇 줄기 햇살이 지면에 쏟아지며 달려가는 소년들을 비췄다.

10

띠의 솜털이—.

주변 일대에서 하얗게 흔들렸다.

허리 정도 높이의 억새는 달빛에 비쳐서 아름답게, 어딘가 요사하게 빛났고, 휩쓸고 지나가는 북풍에 실려 몸을 흔들고 있다.

그 밤은, 달이 미쳤나 싶을 만큼 밝았다.

…….

허억, 허억.

거친 숨소리가 들렸다.

목에 피가 섞인, 질척한 숨. 들이쉬고 내쉬는 것조차 힘들어 보이지만 자신의 긍지로 어찌어찌 이어가고 있는 모습이었다.

허억, 허억.

하얀 고양이, 였다.

몸을 질질 끌며 어딘가로 향하고 있다. 마치 띠밭의 하얀색에 녹아버릴 것 같은 털을 가진 고양이였지만, 띠의 이삭이 몸을 스칠 때마다 주변에 끈적한 선혈을 묻혔다.

멀리서 보면…….

하얀 띠밭에 한 줄기로 끈적하게 이어진 피의 길이 선명하게 고양이의 길을 나타내고 있다.

그런 모습이었다.

…….

'저, 절까지.'

주르륵!

자기 피에 미끄러진 하얀 고양이의 자세가 무너졌다. 흙을 고정할 발톱조차 사라진 그 발은 이미 몸을 유지하는 것조차 힘든지 지면에 풀썩 쓰러졌다.

"끄, 끄. 끄극……."

부러질 듯이 이를 악물며 신음했다.

'코반지까지, 가기만 한다면.'

땅에 엎드려 신음하는 하얀 고양이의 원념에 응해, 그 손에 번쩍! 빛나는 것이 나타났다.

초신시였다.

하얀 고양이는 황금의 화살을 지팡이 대신 삼아 끄으응, 하고 몸을 일으키고는 무시무시한 집념으로 모밭을 헤치며 질질 전진을 재개했다.

죽기 직전의 모습이면서도…….

그 모습은 속세의 고양이가 본다면 오니나 요괴라고 착각하리라.

'운이……'

'나빴던 것에 불과해요.'

'승리예요.'

'나는 이긴 거라고요.'
'초신시는 이 손에 있고…….'
'다시 코반지의 땅속에서, 때를 기다리면 돼요.'
'이 힘이 있다면, 창세도 다시 가능하겠죠.'
'순화검도, 그때는—.'

"이미 명맥이 끊어졌으리라. 그런 계산인가."

목소리.
하얀 고양이는 움찔 몸을 떨고는 스스슥 물러나며 몸을 돌렸다.
"웬 놈이냐!"
알고 있었다.
그게 누구인지, 하얀 고양이는 이미 깨닫고 있었다.
검고 윤기 나는 털이 비치며 하얀 띠밭 안에서 빛났다. 눈부실 정도의 달빛 아래에서, 숙명의 인연으로 맺어진 두 명의 고양이는…….
"상처투성이가 되어서까지 순화궁을 거부했나. 아마쿠사 겟페이."
"야츠하시 요우칸!"
서로의 흑과 백을 바라보며 마주했다.
잠깐의 침묵—.
아마쿠사의 헉헉대는 거친 숨소리만이 바람이 잔잔해진 띠

밭에 울렸다. 핏발 선 아마쿠사의 시선과는 반대로, 요우칸의
시선은 맑았다.

"나를 베러 왔구나. 건방지게, 그 몸으로오!"

아마쿠사는 삼켜지지 않기 위해 외쳤다. 그 말대로, 지금 요우칸은 외팔이다. 예전과 같은 순화검을 휘두를 수는 없다고 봐도 틀림없었다.

"이 초신시를 보라고. 전성기의 너라도 당해내지 못했던 이 신기에, 지금의—."

"베러 온 게 아니다."

"뭐?!"

"얼굴을 보고 싶었다. 이야기를 나누고 싶었던 거다."

입을 쩌억 벌린 아마쿠사의 눈앞에서.

"내가 미안했다."

꾸벅.

일국의 주인이…….

8대 쇼군·아마쿠사 요우칸은 아무런 망설임도 주저도 없이, 고개를 숙였다.

'뭣, 뭣…….'

이것에는 사선 아마쿠사조차도 벌어진 입을 다물지 못했다.

"무슨 속셈이죠?! 나, 나를, 우롱하려는 건가요?!"

"용서해주지 않겠나."

"요, 용서하고, 용서하지 않고 자시고……."

"그때, 야츠하시 쇼군가를 괴멸시켰던 너의……."

허리에 찬 새로운 도를 힐끔 바라본 요우칸은 아마쿠사에게 시선을 돌렸다.

"수라의 마음을, 어째서 바꿀 수 없었는가. 그 회한이, 자신을 향한 자책이, 『순화검』의 마음에 닿는 힘을 낳았다. 하지만—."

"여, 역시! 그러려는 거군요!"

영문도 모르는 눈물이 겟페이의 눈시울에서 흐르면서 뺨의 피를 닦으며 내려갔다.

"그 빌어먹게 가증스러운 순화검으로, 내 생각을 바꾸려고. 평화 속에 녹아들게 하려고! 그럴 생각으로 온 거잖아요! 그, 그런 거, 나는……."

"아니다! 기다려라, 겟페이—."

""꼼짝 마라—!""

"음!"

목소리가 들려와 하얀 띠밭을 돌아보자.

이마 보호대를 두른 무수한 고양이 사무라이들이 네 발로 일제히 달려오고 있었다.

""아마쿠사 겟페이! 묘마의 질서를 위해, 목숨을 받아가마—!""

"이런. 냄새를 맡고 왔나."

"젠장! 역시. 어디까지고 나를 바보 취급하다니!"

분통함에 침을 흘린 겟페이는 다가오는 고양이 군세를 격퇴하고자 손에 든 초신시에 법력을 주입했다. 초신시는 살짝 공명하며 황금색 빛을 발했지만…….

"크으으……. 젠장. 젠자아앙……."

이미 기도할 힘을 잃어버린 겟페이의 힘으로는 그 초력을 움직이지 못했다.

'똑같아.'

뒷골목에서, 생선 한 마리 때문에 희롱당하다 죽을 뻔했던 어린 시절의 기억이 되살아났다.

'황금도, 초력도 잃고, 결국은. 제일 깔보고 있던 것에, 희롱당하다 죽는구나.'

초신시를 움켜쥐고 눈물을 뚝뚝 흘리는 그 하얀 손에…….

검고 윤기 나는 손이 겹쳤다.

"……앗?! 요우칸, 당신!"

"집중해라. 이런 강대한 힘, 그대의 재능 없이는 움직일 수 없다."

"집중, 이라니, 그치만 당신!"

"겟페이!"

"네헷!"

하얀 고양이와 검은 고양이, 두 사람이 교차하는 의지력을 받아—.

초신시가 다시 달빛 아래에서 황금의 광채를 되찾았다!

""뭐. 뭐냐, 이 빛은!""

"겁먹지 마라! 상대는 부상을 당했다. 목을 베는 거다—!"

요우칸은 차분한 목소리로 말했다.

"상대는 군세. 피발을 융기시켜서 날려버린다. 준비는 됐나?"

"잠깐잠깐, 기다려 기다려! 상대는 사무라이야. 당신의 부하잖아!"

"그러니 다치게는 할 수 없다. 발을 묶을 뿐이다."

"말도 안 돼. 모반이야. 쇼군 스스로가 나라에 대적하다니, 그런 일이!"

"할 수 없었다. 그때는……."

잠시 눈을 감은 뒤…….

요우칸은 그 흐림 없는 밝은 눈으로 겟페이의 눈을 마주 봤다.

"지금은 다르다. 인간 소년이 정말로 소중한 것이 무엇인지 내게 가르쳐줬다."

"요우, 칸……!"

"나라도, 검도, 버리겠다."

"사명도, 재능도, 필요 없다."

"나에게는."

"너뿐이다. 겟페이—."

서로의 손으로 초신시를 쥐면서…….

요우칸의, 다정한 입맞춤이.

겟페이의 입술에 닿아, 딱딱해져 있던 그 마음을 녹였다.

사랑스러운 수고양이의 포옹을 온몸으로 느끼면서, 겟페이의 뺨에 한줄기 눈물이 흘렀다.

분노, 증오, 분함.

줄곧 겟페이를 사로잡고 있던, 수라의 눈물이 아니라…….

그저.

사랑의 눈물이었다.

""냐냐! 저걸 봐라!""

""무슨 짓을 하고 있는 거냐. 이런 수많은 이들 앞에서!""

""색골 고양이 녀석! 덮쳐라!""

……번뜩!

요우칸의 입맞춤에 멍하니 몸을 맡기던 겟페이는 사랑을 방해하는 상대에게 한층 강한 안광을 발하면서 초연하게 빛나는 초신시를 한 손으로 조종했다.

쿠웅, 쿠웅!

""냐악―?!""

쿠웅, 쿠웅!

""냐밧―?!""

쿠웅, 쿠웅! 빠꿈! 빠꿈!

황금으로 빛나는 새송이버섯 무리가 눈 깜빡할 사이에 고양이 대군을 날려버렸다. 지금까지 왜소한 힘밖에 없었던 겟페이가 완전히 회복된 것이다.

"……읍. 읍. 으그급 이런. 김다. 놓아라!"

"싫어. 그만두지 마. 떨어지지 마."

"안 된다. 겟페이. 적을 어떻게든 해야!"

"정리했어. 키스 도중에."

"에엑. ……그대, 죽이지는 않았겠지!"

"응. 그러니까 일어나겠네. 죽일 걸 그랬어…… 꺄앗!"

요우칸은 겟페이의 말이 끝나자마자 그 하얀 몸을 외팔의 몸으로 들고는 띠밭을 열심히 도망쳤다.

"자, 이것이 우리의 자유다. 마음 가는 대로, 어디든 가자."

"아, 아니야. 이런 건! 고양이 나라에서 도망친다면, 고양이 사회에서 튕겨나간다는 것. 누구보다도 강한, 고양이의 모범이어야 하는 당신이 『고양이』가 아니게 되어버리잖아!"

"그럼 오늘부로 『고양이』는 그만두겠다."

"—."

"초신시여!"

초신시가 요우칸의 목소리에 응해 반짝이자, 붙잡은 그 몸이 두둥실 공중으로 떠오르더니 그대로 발사되듯이 밤하늘을 향해 날아갔다.

화악! 하고 공기가 찢어지면서 구름이 걷히고, 그 너머에는 거대한 『고양이 얼굴』이 있었다.

『으마—옹.』

인계로 이어지는 게이트가 하늘에 뚫려있다.

"고양이를 버리고 인간이 되자, 겟페이. 그 소년들의 살아가는 방식, 매력적이었다."

"……. 싫어. 인간은 피부가 매끈매끈하잖아. 추워 보여."

"그럼 매로 하지. 늑대라도 좋다. 우리를 찾으러 가는 거다. —가슴이 뛰는구나, 겟페이!"

"……. 바보네……."

바람이 흑백의 털을 어루만졌다.

겟페이는 그 가느다란 팔을 요우칸의 목에 감고는 뺨을 맞댔다. 마음속의 오니가, 이렇게나 허망하게— 단숨에 가루가 되어 녹아내리는 것을, 겟페이는 어딘가 남 일처럼 느끼고 있었다.

하얗고 검은 고양이는 초신시가 이끄는 황금의 유성이 되어—.

그대로, 하늘에 뚫린 묘문으로 올라갔다.

묘마국의 모든 고양이가 모두 그것에 눈을 빼앗겨 잠시 멈춰 섰고.

『아름답다냐.』

그렇게 생각하며.

그리고 바로 그 일을 잊어버렸다.

11

동일본 일대를 위협적인 감염력으로 덮쳤던—.

『잠재 짐승성 해방 증후군』.

통칭 『고양이병』은 한때 이미하마를 중심으로 간토에서 폭발적으로 늘어나 니가타, 군마로 퍼져 차례차례 도시 기능을 마비시켰다.

군비에는 자신이 있는 각 현이라도 원인 불명의 감염병이 상대로는 어쩔 도리가 없었다. 「자신이 고양이가 되어버린다」라는 공포가 순식간에 세기말 백성들에게 전염되었다.

"잠깐만! 고양이병이 여기까지 왔다는데. 우리 고양이가 되어버릴 거야!"

"딱히 상관없지 않아?"

"코스프레할 수고를 덜겠네."

"장사할 때가 아니라니까. 물거나 할퀴거나, 손님도 다들 위험하다고!"

"그럼 위험하지 않아?"

"아픈 건 싫은데."

"서쪽으로 도망치자. 자, 어서!"

이렇게 조금이라도 고양이병에서 멀어지고자 서쪽으로, 서쪽으로 대이동이 시작됐다. 도쿄를 통한 현 경계에서는 도쿄 정부군과 민중 게릴라가 충돌하며 일촉즉발의 상황이었다.

그중에서도 다부진 것이—.

"자! 이 방울을 사면 고양이가 되어도 덕을 유지할 수 있습니다!"

"발톱, 송곳니 손질에는 이 금 입자 클리너~."

"귀걸이, 꼬리걸이는 어떠십니까. 어머나, 거기 아가씨는 고양이가 되면 무척 귀엽겠네요—."

찰나를 살아가는 장사치들의 장사 욕구는 세상의 종말에 파고들어서 훌륭히 닛카를 벌어들이는 데 성공했다. 끝으로는 고양이 사냥 과격파, 고양이병이야말로 구제라고 떠들어대는 신흥 종교까지 일어나서, 사태의 좋고 나쁨은 접어두고 일본은 지금 엄청난 생명력의 흐름 속에 있었다.

고양이병에 대한 유효타는 전혀 발견되지 않은 채, 자칫하면 모든 인간이 원시의 수렵 동물로 돌아갈지도 모른다는…….

바로 그때.

『아~, 여보세요.』

전국에 동시 방영된 고작 30초의 영상이 그 동란을 잠재웠다.

『그~게 말이죠.』

『반료지의 조사에 따르면.』

민중이 맞붙고 있던 거리 한가운데에 있는 대형 디스플레이에, 동그란 폭신폭신…….

에서 고양이 귀와 꼬리가 쫑긋 튀어나온 오오챠가마 대승정이 비쳤다.

『대기 중의 순화 입자가, 방금 일제히 소멸했습니다.』

『원인은 불명…….』

『하지만, 뭐, 아무튼 고양이병은 오늘을 기해 끝입니다. 효험이 있다는 수상한 물건, 방울이나 금화는 사지 않기를 바랍니다.』

『반료지의 염주는 사줘.』

『그럼 이만.』

『……앗, 나비!!』

나비가 카메라를 지나간 시점에서 오오챠가마 대승정이 그것에 뛰어들어 카메라를 파괴해버린 바람에, 이후의 영상은 노이즈만 나올 뿐이었다. 세기말 백성은 고양이도, 그렇지 않은 이들도 한동안 멍하니 그걸 바라봤고…….

그리고 정말로…….

그날 이후 고양이병은 바로 잦아들어서 이윽고 다들 원래 상태로 돌아가 버렸다.

＊＊＊

“지사님. 니가타에서 오는 난민 수용 건 말입니다만.”

“지사님! 고양이병교의 잔당이 도치기를 점거했다는 급보입니다.”

“단장. 이구아나가 인육의 맛을 알고 말아서, 어떻게 해야 좋을지…….”

“지사님!”

“지사님!”

“파우 공!”

“으으으시이이이이끄러어어업다아아—!!!!”

현지사 집무실에 쌓인 서류의 산, 산, 산. 그 한곳에서 자신에게 쌓인 서류를 날려버린 현지사가 혈안이 되어 외쳤다.

“시시껄렁한 일로 말 걸지 마라. 이 업무의 산이 안 보이는 거냐!”

고양이 귀도 송곳니도 들어간, 완벽하게 아름다운 인간의 몸이지만…….

일본 전체에 울리는 그 미모도 지금은 짙은 다크서클이 빼

곡하게 새겨져 있고, 연일 철야를 이어가는 바쁜 업무 탓에 입은 정장도 완전히 주름투성이가 되었다.

누군가에게 일을 넘길 수만 있으면 좋겠지만.

부패를 증오하는 파우의 강권 정치는 모든 정책을 파우 본인을 통해서만 승인한다. 그런 시스템이 구축되어 있고, 고양이병 소동으로 붕괴할 뻔했던 이미하마의 질서를 회복하려면 역시 파우 본인이 일할 수밖에 없었다.

'으, 으, 졸려…….'

『지사에는 안 어울린다.』

예전에 들은 이야기꾼의 말이 파고든 바늘처럼 마음을 긁고 지나갔다.

자경단에서 철곤을 마음껏 휘두르던, 그 시절이 그립다…….

'그래도. 그래도, 내가 노력하지 않으면, 이미하마는 돌아가지 않아……. 내가, 견뎌야…….'

"파우 지사님! 낭보입…… 끄아아악!"

집무실 문이 열리자, 두두두!! 하고 엄청난 기세로 서류의 산이 복도까지 넘쳤다. 혼자 봉투를 든 비서 여자아이는 그 눈더미 위를 미끄러지며 어떻게든 실내로 들어왔다.

"터무니없는 업무량. 이런 건 혼자서는……."

"무슨 용건이냐. 추가 업무라면 저쪽에 던져둬라."

"아닙니다. 지사님! 계속 기다리고 계시던, 교토에서 보낸 서류에요!"

"교토에서……?"

파우의 멍한 눈이 비서의 목소리로 단숨에 빛났다.

"설마!"

"맞아요!! 예전부터 신청하셨던, 아카보시 비스코의…… 남편분의 수배 면제 사면장이에요. 지사님의 염원이 이루어져서, 마침내 수리되었어요!"

"보, 보여다오!"

파우는 지금까지 몰두하던 『니가타 난민 수용 사안서』를 주변에 버리고는 서류 위를 치우고 비서가 가져온 봉투를 빼앗았다.

손톱으로 봉투 입구를 좌악! 찢고 안에서 서류를 끄집어내자…….

> 아카보시 비스코
>
> 및 신원인수인 네코야나기 파우
>
> 아카보시 비스코의 「지명수배」에 관해
>
> 귀공이 제출한 각종 증거를 심의한 결과
>
> 각처에서 「사면 적절」이라는 견해가 일치했기에
>
> 본 서류의 수속에 따라
>
> 아카보시 비스코를 「인민」으로 인정하여
>
> 수배를 해제합니다.
>
> 이후에는 각종 기입·날인을 해야 하므로

빠르게 전달해주시길 바랍니다.

<교토 정부><인>

"아아……!"

파우는 쌓이고 쌓인 정신적 피로도 어딘가로 날려버린 채 그 서류를 안고 멍하니 한숨을 내쉬었다.

'각처에 사전 공작을 한 보람이 있었어. 이걸로 겨우…….'

"이걸로 겨우, 아카보시 씨도 사람으로 살 수 있겠네요!"

'……으응?'

"『버섯지기』라니, 멀쩡한 삶이 아니잖아요. 사회에 인정받지 못하는 건 정말 싫으니까요. 파우 지사님이 행복한 부인이 될 수 있어서 저도 기뻐요!"

"아…… 그게, 나는―."

"자, 다른 일을 하실 때가 아니잖아요. 어서 도장을 찍어주세요!"

비서가 재촉하자.

인감을 꺼내 조심조심 서류로 내밀었다…….

'……그, 그렇지.'

'비스코를 사회에 인정받게 해야 해.'

'비스코도.'

'사람으로서의 행복을 바라고 있을 거야.'
'이걸로 비스코는. 나의 남편은.'
'멀쩡한—.'

쨍그랑!!
"아! 꺄아앗?!"
그때, 강화 유리창을 깨부수고.
새빨간 그림자가 집무실에 날아들었다. 그림자는 서류투성이 방을 두리번두리번 돌아보고는 어이없다는 듯 말했다.
"뭐야 이게?"
"비스코!!"
"그래."
깜빡깜빡 움직이는 비취색 눈과 마주한 파우가 놀랐다.
"어, 어째서 일일이 유리를 부수고 들어오는 거냐?! 세상에는 문이라는 게……."
"『지금, 지사님은 바쁘셔서 누구와도 만나실 수 없습니다.』"
"으응?!"
"수위가 그러더라고. 그래서 직접 온 거야."
비스코는 지면에서 서류 한 장을 들었지만, 한자만 적혀있는 걸 보고 인상을 찌푸리더니 고작 몇 초 만에 뒤로 던졌다.
"파우, 가자."
"간다고……?"
"갑자기 뭔가요 당신!"

비서가 외쳤다.

“남편이라고 해도 약속은 필수예요! 지사님은 바쁘셔서…….”

“어디로. 어디로 간다는 거냐? 비스코.”

“내가 가는 곳이야.”

“당신이 그렇게 언제나 멋대로 구니까! 지사님이 이런 고생을 해야만 하잖아요. 이 사면장도, 보세요! 당신을 위해—.”

핑!

비서가 든 사면장은 비스코가 손가락으로 튕긴 팽이버섯 바늘에 먹혔고—.

퍼엉!!

단숨에 팽이버섯 덩어리가 되었다. 비스코는 파우의 몸을 안고 서류 너머에 있을 교토부를 향해 외쳤다.

“내 허가도 없이 나를 용서하지 말라고, 멍청아!”

“비스코. 나를. 나를 여기서 납치했다가는.”

비스코의 목에 매달린 파우의 눈동자가 불안과, 불안이 아닌 뭔가 커다란 것에 흔들리며 촉촉해졌다.

“이번에야말로 정말로 못 돌아온다. 나는 무력해질 거다. 일본으로부터, 너를 지켜줄 수 없게 돼!”

“응. 가자.”

“괜찮은 거냐? 『인간』으로서의 행복을 버리게 된다고!”

“너도 나도, 그런 건 바라지 않잖아.”

“윽?!”

비스코의 표정은…….

소년 그 자체였다. 어느 정도 통곡에 가깝지만, 말수는 적고, 당장 아내를 납치해서 이곳에서 떠나고 싶다는 참으로 불손하고 순수한 모습이었다.

"우리는 비스코와 파우라는 한 쌍의 맹수야. 원래부터 『인간』과 손을 잡기에는, 손톱이 너무 예리해."

"비스, 코……."

"정했어, 파우. 나의 운명에, 너를 데려갈 거야."

비스코는 몸을 떠는 파우에게 시선을 내리고는…….

조용히 빛나는 비취색 눈동자로 그녀의 남색 눈을 들여다봤다.

"함께 가자."

"……늦어졌네."

"미안."

그것은…….

지금까지 미로를 제외한 다른 사람의 운명을 건드리는 것을 터부시해 오던 비스코의 자각 없는 결의의 말이었을지도 모른다.

결혼 상대에게도 간섭을 계속 피하던 비스코의 뼛속 깊은 고독주의…… 순화검의 오의에 도달해서야 겨우 스스로 아내의 마음에 들어가게 된 것이다.

파우는.

비스코의 흐림 없는 눈빛을 보자 자석처럼 강하게 이끌렸고…….

뭔가 까닭 모를 눈물을 눈가에서 툭 떨어뜨렸다.

"유, 유괴할 생각?! 역시 버섯지기네. 정신 나갔어!"

재난인 건 비서다. 팽이버섯에 날아갔던 그녀는 종이를 치우면서 벌떡 일어났다.

"지사님! 자랑하는 근육으로 떨쳐내세요! 어서요! 자, 여기에 철곤도—."

"시끄럽다!!"

찰싹!!

비서관의 얼굴에 엄청난 스피드로 던진 봉투. 그곳에는 힘을 꾹꾹 담은 큰 글자, 필압으로 큼지막하게 『사표』라고 적혀있었다.

"어. 사, 사표?!"

완전하면서도 면밀하게 만들어진 그것은, 언젠가 올 오늘을 위해 파우가 평소부터 품에 넣어두고 있던 게 틀림없었다.

"꼴좋다. 이제 몰라. 나는 나의 행복을 선택할 거다. 나중 일은 멋대로 해라!!"

"그럴 수가! 지금 지사님이 그만두시면 누가 서류에 허가를 내리는 건가요!!"

찰싹!!

불쌍한 비서관의 얼굴에 날아온 것은, 인주가 붙은 인감!

"도장 같은 건 줄 테니까, 네가 찍어—!!"

"뛰자, 파우. 꽉 잡아!"

"누, 누, 누가 좀 와줘요—! 집무실에, 폭한이!"

빠꿈!

집무실 바닥에서 만가닥버섯의 발아로 도약한 비스코는 그대로 공중을 뛰어 카라쿠사 대로의 지붕을 타고 그대로 남문을 향해 달렸다.

"지사님이 유괴당했다—!!"

"일이 이렇게나 남아있는데!!"

"이구아나를 내보내라!!"

"아카보시 자식. 드디어 저질렀구나! 이미하마 자경단, 출격이다—!"

너츠가 이끄는 이미하마 자경단이 차례차례 내보낸 이구아나 기병이 파우를 안고 도망치는 비스코를 향해 모래먼지를 일으키며 다가왔다.

"이봐, 파우! 무거우니까 알아서 달려!"

"안 돼!! 내가 너를 얼마나 기다린 줄 알아? 로맨틱한 국면에 찬물 끼얹지 마라!! 바보!!"

"엄청 화내고 있잖아."

"비스코, 파우! 이쪽이야—!!"

남문 쪽에서 미로의 외침이 들려왔다.

남문은 이미 문이 닫히려 하고 있었지만, 그곳에 빠캉!! 하고 내려친 아쿠타가와의 일격에 맞아 완전히 세로로 찢어지고 말았다.

"저 균열로 빠져나가자. 강경 수단이지만, 잔소리는 나중에 해!"

"잔소리? 어째서냐?"
"아니, 그치만. 문이 부서지면 도시가—."
"시시한 소리를. 그보다도 더 세게 안아."
빠꿈!
크게 뛰어서 문을 넘어선 두 사람은 그대로 미로가 점프시킨 아쿠타가와의 안장에 들어와 사이타마 철사막 위에 성큼 내려섰다.
"납치해왔어?!"
"응."
"좋아!"
미로는 들뜬 미소로 비스코를 맞이했다.
"빨리 도망치자! 너츠라면 단기로도 쫓아올 수 있어."
"하지만 미로. 갈 곳이 없어! 이미하마도 교토도 적으로 돌렸으니, 일본에 있을 곳이라고는……."
"가고시마로!"
미로가 아쿠타가와를 몰자, 거대한 여덟 다리가 모래를 밟고 내달렸다.
"베니비시가 나라를 세운다고 했어. 그곳으로 가보자."
"가고시마?!"
"이형들이 넘쳐나는 토지잖아. 그런 곳에 사람이 살 수 있어?"
"그러니까 가는 거야. 베니비시의 토지 개척에 협력한다면 시시도 우리를 교토에게서 지켜줄 거야! ……우왓. 왔다 왔어!"
외벽에 설치된 유탄포가 발사됐고, 공중에서 완만한 궤도를 그리며 날아온 포환이 달려가는 아쿠타가와 좌우에 떨어지며 크게 작렬하여 모래를 터뜨렸다.

“가차 없잖아! 이쪽에는 인질이 있다고!”

“두 사람은 앞에 집중해라. 뒤는 맡으마!”

에엑?! 하고 목소리를 높인 두 사람의 눈앞에서, 인질이 아쿠타가와의 백팩에서 스페어 철곤을 뽑아 들더니 윤기 나는 흑발을 바람에 휘날렸다.

그리고 눈앞에 다가오는 포탄을 향해—.

“크으으랴아아아압—!!”

콰앙!!

물어뜯는 검은 뱀의 일격. 선풍 같은 철곤의 일격에 얻어맞은 포탄은 그대로 이미하마 외벽에 강하게 부딪혔다. 외벽은 폭발을 견디지 못하고 와르르르 소리를 내며 무너졌다.

“흥. 무르군…….”

“잠까안—! 파우!!”

“너, 너무 과하잖아. 너!!”

“어째서냐? 저런 도시는 멸망해도 싸다.”

손으로 머리를 쓸어 넘기며 태연하게 말하는 파우의 표정은…….

뭔가 무거운 것을 벗어던진 듯한 뻔뻔함과 아름다움으로 가득했다.

“저 벽도 파괴하는 게 나아. 이미 녹바람 같은 건 불지도 않는데 저렇게 호들갑을 떨기는. 저런 것에 막혀 있으니까 이미하마도 세계가 안 보이는 거다!"

"너, 3분 전까지 저기의 지사였잖아?!"

"그런 옛날 일은 기억하지 않아!"

계속해서 날아오는 포탄을 두 발, 세 발 튕겨낸 파우는 자신의 두 눈을 폭풍에 비추면서 진심 어린 얼굴로 웃었다.

"그런 옛날 일은, 기억하지 않아. 내 가슴은 지금, 내일을 향해 가득하니까!"

비스코와 미로는.

그 철이 타는 냄새와 불꽃에 비친 여자의 아름다움에 잠시 넋을 잃었다.

'—불 같은 여자야.'

"……큰일이야! 비스코, 이대로 가면 정말로 도시가 멸망하겠어!!"

"파우를 이미하마에서 떨어뜨려야겠어. 가자."

""아쿠타가와—!!""

두 사람이 호령하자 최근 들어 가장 큰 의지력을 느낀 아쿠타가와는 그 강력한 다리를 마음껏 발휘해서 그 자리를 떠났다.

바람이—.

파우의 머리를 한 줄기 직선처럼 펄럭이게 했다.

이제 완전히 녹이 떨어진, 하얀 목덜미에 손을 대자.

조금, 늘어난 손톱이…….

피부에 파고들어서 약간의 아픔을 전해줬다.

파우는 한동안 그렇게 손톱의 아픔을 느끼면서, 과거가 되어가는 도시를 가만히 응시했다.

■작가 후기

고양이 알레르기다.

나 자신의, 혹은 고양이의 마음과는 상관없이, 서로 어울릴 수 없는 체질이다. 근처에 고양이의 존재를 감지하면 내 눈은 곧바로 핏발서고, 기관지가 좁아져서.

"헤흌, 헤흌."

그런 안쓰러운…… 벌레 같은 호흡을 반복하게 된다.

그래서 어린 시절에는 고양이가 무서웠다. 할머니 집에서 고양이를 기르고 있었는데, 나의 소아 천식에 아랑곳하지 않고 종횡무진 달리는 베리(암컷, 향년 21세)를 두려워하며 바라보다가 문득 이런 생각이 들었다.

'자유로운 짐승이네…….'

속박과 연이 없는 삶에 경외심에 가까운 감정을 품었다.

그러나 시간이 지나고, 나 자신이 자유로워진 지금에 와서는 고양이를 그저 태평한— 고민 없는 생물이라고 생각하는 건 나의 오만이 아닐까? 그런 생각이 들게 되었다.

자유가 없는 자는 자유가 없는 가운데서도 고민하고 방황하겠죠.

그런—.

일방적인 경의와 공포를 통해, 이번 작품이 만들어졌다.

비스코, 혹은 겟페이라는 자유로운 짐승들, 그 반의어를 이번에는 『사회』로 정했다.

물론 사회는 악이 아니다. 필요한 것이다. 녹을 먹는 비스코의 세계에는 명확한 선이나 악이 존재하지 않고, 그저 균형이 있을 뿐이다.

그저, 인생의 어느 때에.

"나는 어쩌면, 『고양이』가 아닐까……?"

인파 속에서 그렇게 생각한 인간이, 반드시 있을 것이다.

내가 그랬다.

이번 작품은 그런 사람들과 그렇지 않은 사람들을 위한 찬가를 담은 것이다.

자신은 누구인가?

사람인가. 고양이인가. 아니면 매인가. 혹은 늑대인가?

그 질문이 사랑스럽다. 망설이는 구도의 정신에야말로 신이 깃들고, 그 인도를 따른다면 뭔가 확신을 얻을 수 있지 않을까. 나는 그렇게 생각한다.

정말로 외람되지만, 아무쪼록 여러분이 마음이 부르는 방향으로 기운차게 걸어갈 수 있기를 기원하고 있겠습니다.

……이쯤 해서 페이지가 꽉 차버린 모양이라 마침 잘됐군요.

그럼 또 뵙겠습니다.

코부쿠보 신지

■역자 후기

안녕하세요. 불초 역자입니다.

이번 이야기의 테마는 고양이군요. 저도 사실 개보다는 고양이파입니다. 저 빼고 다른 가족들은 개를 더 좋아해서 옛날에 집에서 개도 키웠었는데 고양이는 한 번도 안 키워봤거든요. 기회가 되면 한번 키워보고 싶다는 마음이 있습니다. 동물 키우는 건 정말 힘드니까 큰맘 먹어야겠지만요.

아무튼 그런 고양이들이 일본 시대극 같은 배경에서 활극을 펼치고, 거기에 비스코와 미로가 끼어드는 이야기가 되었습니다. 이 개판…… 아니 고양이판이 난 원인이 결국 비스코가 쏜 초신궁에 있었던 걸 보면, 역시 가는 곳마다 소동을 일으키는 사고뭉치들답다는 생각이 듭니다. 자기가 뿌린 씨앗 자기가 거두는 면도 비스코답고요.

그리고 7권까지 오면서도 뭔가 지지부진했던 파우와의 관계도 어느 정도 매듭이 지어진 것 같아 좋았습니다. 이 두 사람, 결혼까지 했는데도 그동안 데면데면했단 말이죠. 파우는 책임감 때문에 이미하마에서 계속 일만 하고 있었고, 비스코는 파우에게 무심했고……. 그 목석같던 비스코도 드디어 파우와의 관계를 한 발짝 내디딜 결심을 하게 되었으니까, 그것만으로도 이번 이야기의 보람이 있다 싶습니다. 파우의 향후 활약상도 기대되고요.

그럼 후기는 이쯤 하고, 다음 권에서 뵙겠습니다.

녹을 먹는 비스코 7

초판 1쇄 발행 2023년 5월 10일

지은이_ Shinji Cobkubo
일러스트_ AkagishiK, mocha
옮긴이_ 이경인

발행인_ 신현호
편집장_ 김승신
편집진행_ 권세라 · 최혁수 · 김경민 · 최정민
편집디자인_ 양우연
관리 · 영업_ 김민원

펴낸곳_ (주)디앤씨미디어
등록_ 2002년 4월 25일 제20-260호
주소_ 서울시 구로구 디지털로 26길 111 JnK디지털타워 503호
전화_ 02-333-2513(대표)
팩시밀리_ 02-333-2514
이메일_ lnovellove@naver.com
L노벨 공식 카페_ http://cafe.naver.com/lnovel11

ISBN 979-11-278-6851-2 04830
ISBN 979-11-278-4991-7 (세트)

값 8,500원

드라큘라 야근! 1~5권

와가하라 사토시 지음 | 아리사카 아코 일러스트 | 박경용 옮김

태양의 빛을 쬐면 재가 되어버리는 존재, 흡혈귀.
밤에만 활동할 수 있는 그들이지만, 현대에는 생각보다 문제없이 생활하고 있었다.
그렇다. 왜냐하면 "야근"으로 일할 수 있으니까—.
토라키 유라는 현대에 살아가는 흡혈귀.
일하는 곳은 이케부쿠로의 편의점(야근 한정),
주거지는 일조권이 최악인 반지하(차광 커튼 필수).
인간으로 돌아가기 위해서, 바르고 떳떳한 사회생활을 보내고 있다.
그런데 어느 날 주정뱅이에게서 금발 미소녀를 구했더니,
놀랍게도 그녀는 흡혈귀 퇴치를 생업으로 하는 수녀 아이리스였다!
게다가 천적인 그녀가 그의 집으로 굴러들어오게 되는데—?!
토라키의 평온한 흡혈귀 생활은 대체 어찌 되는가?!

『알바 뛰는 마왕님!』의 와가하라 사토시가
선물하는 드라큘라 일상 판타지!